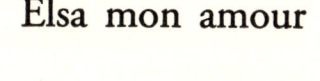

Du même auteur

La Douceur des hommes, Stock, 2005.
Étoiles, Flammarion, 2006.
Col de l'Ange, Stock, 2007.
Les Mains nues, Stock, 2008.
Dolce Vita 1959-1979, Stock, 2010.
L'Odeur du figuier, Flammarion, 2011.
L'homme qui aimait ma femme, Stock, 2012.
Nina, avec Frédéric Lenoir, Stock, 2013.
Les Nouveaux Monstres 1978-2014, Stock, 2014.
Femmes de rêve, bananes et framboises, Flammarion, 2015.
Black Messie, Stock, 2016.

Simonetta Greggio

Elsa mon amour

roman

Flammarion

© Flammarion, 2018.
ISBN : 978-2-0814-1285-9

À mes yeux elle est,
comme toi, parfaite,
ta chatte sauvage, mais comme toi,
jeune fille amoureuse,
qui toujours étais en quête,
errant sans paix de-ci de-là, et tous
disaient, « elle est folle ».
Jeune fille, elle est comme toi.

*Ai miei occhi è perfetta
come te questa tua selvaggia gatta,
ma come te ragazza
e innamorata, che sempre cercavi,
che senza pace qua e là t'aggiravi,
che tutti dicevano : « È pazza. »
È come te ragazza.*

La Gatta, Umberto Saba

Elsa Morante, née à Rome le 18 août 1912, morte à Rome le 25 novembre 1985, est un écrivain, essayiste, poète et traductrice. Elle épouse Alberto Moravia en 1941, mariage qui durera jusqu'à la fin de sa vie, même si Moravia connaît une longue liaison avec l'écrivaine Dacia Maraini, puis avec Carmen Llera, plus jeune que lui de presque cinquante ans.

Elsa Morante est la première femme récompensée par le Premio Strega, prix littéraire italien comparable au Goncourt, avec L'Île d'Arturo, *en 1957.* La Storia, *son œuvre la plus connue, figure dans la liste des 100 meilleurs livres de tous les temps selon la World Library.*

Fille naturelle d'une enseignante juive, Irma Poggibonsi, et d'un employé des postes, Francesco Lo Monaco, Elsa Morante est reconnue par Augusto Morante, mari d'Irma, ainsi qu'Aldo, Marcello et Maria, ses cadets, les autres enfants de Lo Monaco. Un premier enfant meurt en langes un an avant la naissance d'Elsa.

Elle passe son enfance dans le quartier populaire du Testaccio à Rome, puis, en 1922, la famille déménage dans une villetta *entourée de modestes habitations et d'une campagne encore intacte à Monteverde Nuovo. Lorsqu'elle a six ans, sa marraine, Maria Guerrieri Gonzaga Maraini, « tombe amoureuse » de la « petite fille aux yeux cernés », et l'emmène quelque temps vivre « dans son jardin ». Elsa commence à cet âge à écrire des brèves nouvelles et des fables pour enfants.*

J'étais jeune longtemps. J'étais belle, du moins le disait-on. Je suis devenue un écrivain, un grand. Puis je suis tombée.

J'ai désiré les hommes, je les ai aimés et attachés avec les yeux de mon vrai père. Et je suis connue sous le nom de mon faux père.

Il en aurait fallu moins pour être celle que je suis.

Il pleut
Les orangers et les citronniers sont en boutons, blanches dragées de mariée. J'ai traîné ma table de travail sous la véranda. Depuis ma chute, je vis dans cette cabane enchantée au milieu d'un jardin, avec mes chats Codoni et Mandulino et ma chienne Neve. Pasolini, Saba et Penna, mes poètes, mes complices, planent autour de moi. Et Bill, bien sûr, mon enfant peintre, mon bel ange perdu. Luchino Visconti le traître secoue sa splendide tête de charogne, Anna Magnani, louve épuisée, ses chiens dépenaillés en laisse, me fait un coucou las de la main. *Fantasmi fruscianti,* fantômes murmurants. *Car Bill s'est envolé en 1962, Magnani est morte en 1973, Pasolini en 1975, Visconti et Sandro Penna juste après, et Umberto Saba, il y a plus de vingt-cinq ans déjà.*

Fellini, lui, est bien vivant. Je me le rappelle descendant la via Veneto, saluant les uns les autres de sa voix d'eunuque, Comment va le petit oiseau ce matin, trésor ? Dire que, sans être les meilleurs amis du monde, nous avons pris notre cappuccino au même café, pendant si longtemps ! Ce n'est pas le seul que je ne vois plus depuis mon exil. Peau de vache. Je sais ce qu'on dit de moi.

Il a peur, Fellini. Pas de mon sale caractère, non. Il a peur de la maladie, de la mort. Pauvre vieux camarade. Pour lui comme pour nous tous, elle viendra. Et, comme le disait Pavese, elle aura les yeux qu'on a le plus aimés, le plus redoutés, ces yeux pour lesquels nous sommes morts si souvent, si souvent ressuscités.

Quand je regarde derrière moi, on dirait que je me raconte une histoire. Qui était cette enfant qui dormait avec les chats errants, qui réinventait sans cesse les vêtements et les objets, *la laideur m'a toujours mise de mauvaise humeur,* cette fillette qui ne jouait avec les autres enfants que lorsqu'elle pouvait les mettre en rang et leur faire la classe ? C'est maman qui m'a appris à lire et à écrire, entre trois et quatre ans. Nous habitions alors au Testaccio, dans cette Rome sublime et perdue où je suis née, où j'ai toujours vécu et où je mourrai. Là résonnaient les merlins des ravaleurs découpant les pavés des rues, là les rempailleurs de chaises s'appelaient de rue en rue, là les rouisseurs qui lavaient le chanvre jetaient leurs eaux usées, là les garçons bouchers de l'abattoir tout proche sifflaient les filles qui passaient. Dans l'air, il y avait un relent de sang qui se mêlait à la brise marine, caressant au passage les longs bras tendus des pins. J'entends encore le bruit du vent dans les palmiers qui, les jours de printemps, grattaient un ciel trop bleu.

Les paternostières me fascinaient. Ces femmes qui se tenaient assises toute la journée sur le pas de leur porte à cancaner, je pouvais les contempler des heures durant égrener les grains des chapelets qu'elles vendaient ensuite dans les boutiques du Vatican. À mes yeux, elles étaient des fées déguisées. Un jour, l'une d'elles m'a donné des perles de jais que maman a cousues pour moi sur un caraco et un jupon. Au printemps, j'ai marché dans la rue comme dansent les gitanillas. Mon maître d'école m'en a fait la remarque : « Mademoiselle Morante, quand vous bougez, on dirait un sapin de Noël pris dans la tempête. » Pauvre homme. Il voulait sans doute me faire un compliment, mais, Dieu, qu'il s'y prenait mal !

Les petites crétines de ma classe avaient ricané.

« J'implore mes amis de respecter ma solitude », disait Rilke. Mes amis me connaissent assez pour attendre que ce soit moi qui les prie de me rendre visite. Quant à Moravia, mon mari, ce n'est pas la peine de lui dire quoi que ce soit. Bien qu'il ait fort à faire avec sa nouvelle conquête, brune comme une bohémienne, maigre à faire peur, une couleuvre, un serpent à sonnettes, il me rend visite presque tous les jours. Cette jeune femme a du duvet noir sur la lèvre supérieure et des rouflaquettes. Des yeux de vautour mobiles, impitoyables. Elle est belle, tournée comme une guêpe, et elle pique, j'en suis sûre, mais elle ne va pas me le piquer. Car Moravia EST TOUJOURS MON MARI. *Un jour, un critique littéraire a dit, Moravia est un excellent écrivain, mais sa femme Elsa Morante est un génie.* Moravia le sait, il l'a toujours su. Je ne crois pas qu'il en ait été jaloux. Il l'acceptait. Nous étions si unis par notre travail, les mots qui flottaient dans notre maison et que nous tissions dans nos romans, les histoires que l'on inventait. *Il n'en a jamais été jaloux ? Quelle blague ! Il ne me l'a jamais pardonné ! Encore maintenant... Mon mari est comme un cheval dompté qui voudrait se cabrer, mais n'ose le faire.*

Sa jeune compagne, qu'est-ce que c'est ? La chimère d'un vieil homme, le vampire que Moravia a décrit dans ses romans avant de la connaître. Elle part baiser des garçons aussi jeunes qu'elle à l'autre bout du monde, sans s'en cacher. Elle le torture, il est comme drogué par elle, en manque quand elle n'est pas là. Mais tant qu'on pleure et qu'on peste, on est toujours vivants, et Moravia en redemande.

Quand il arrive ici, mon mari pose son chapeau, s'assied près de moi et commence à parler. Je ne lui réponds pas. Je ferme les yeux tant qu'il n'est pas parti. Si je pouvais, je fermerais les oreilles aussi. Il m'ennuie à hurler, mais je préférerais le voir mort que marié à une autre. Sa robe de mariée, elle peut toujours l'attendre, celle-là. La fureur d'une femme trahie ne se brise que sur la dalle du cimetière. Notre pacte à la vie à la mort date d'un demi-siècle, mais il est immuable, mon mari ne le rompra pas. Tant que je suis de ce monde, la guêpe n'aura pas Moravia. Ils passeront sur mon cadavre. Je ne le lâcherai pas.

Il pleut. La pluie perce la treille. Mes cahiers ouverts en sont tout tachés.

Je me souviens. Un jour, en rédigeant l'une de mes nombreuses lettres d'amour à l'aviateur Lindbergh, j'ai laissé tomber quelques gouttes d'eau sur ma page pour qu'il croie que je pleurais en pensant à lui. Dans cette lettre, je lui disais que je n'acceptais pas de très bons partis à cause de lui. Mon cœur et mon corps lui appartenaient, il n'avait qu'à les cueillir selon son bon vouloir. Je signais Velivola. J'avais sept ans.

Risquer ma vie à chaque amour. Tout remettre sur la table chaque fois, comme un joueur de poker. Tout sacrifier, parce que face à l'amour rien n'a de valeur. Ce que je promettais, je l'ai tenu, n'est-ce pas, mon Beau, mon Bill chéri ? Tu ne peux l'ignorer. Même l'écriture vient de là. Je n'ai jamais cherché la simplicité. Je ne l'ai jamais trouvée, d'ailleurs, même par hasard. Maria Callas disait que je ne tombais amoureuse que d'homosexuels. De quel pupitre vient le prêche ! Elle, elle s'est trompée sur Pasolini autant que sur Visconti. C'est parce que Visconti a été séduit – oh, juste un instant ! – par elle, qu'il m'a jetée comme une guenille. Elle s'y est bien tordu le cœur elle aussi, va. Mais que croyait-elle ? Que parce qu'elle avait travaillé comme une forcenée pour devenir une diva, LA DIVA, et qu'elle était devenue belle, elle serait aimée ?

Tous ces hommes qui aiment les hommes – Visconti, Pasolini, Penna, et même toi, Bill. Tous ces hommes qui ne savent pas aimer les femmes – Fellini, Saba, Pavese, Moravia.

Et moi là-dedans ? Et nous, petite Callas ?

Il pleut, mais je n'ai pas froid. Les chats ne bougent pas de mon lit, dans la chambre là-haut. Neve n'a pas peur de la pluie. Elle va où je suis, se couche à mes pieds, me regarde, soupire. Où est la balle ? Quand est-ce qu'on joue ? Nos animaux familiers sont des anges déguisés venus sur terre pour nous apprendre la douceur.

Quand mon ange Bill s'est envolé, Moravia m'a prise dans ses bras et m'a couchée. Même s'il y avait déjà la jeune et belle Dacia Maraini dans sa vie, il ne m'a pas laissée tomber. Je ne mangeais pas si ce n'était lui qui me donnait la becquée. Je ne me levais pas de mon lit s'il ne venait pas me faire boire mon café.

Lentement, je suis revenue à moi, sans jamais revenir tout à fait. Lorsque j'ai pu marcher, je suis partie. La Grèce m'a accueillie, d'île en île je promenais l'ennui mortel d'avoir survécu. Une cigarette, une autre, la mer défilait, turquoise, grise et violine. Les couchers d'écarlate, les aubes argentées. Les petites chambres chaulées, une nuit ou deux, où je me couchais, distraite, pour ne pas dormir. D'où je repartais pour me retrouver, lointaine, dans une autre île, dans une autre chambre chaulée. Les petits déjeuners mornes, café au lait dans un port, une autre cigarette, gorge brûlée. Un poulpe grillé que je ne mangeais pas le soir dans une taverne, une bouteille de vin résiné bue tout entière, je retrouvais en titubant un lit aux draps humides, une pièce vide. Pleine de vide. Je laissais s'écouler un temps de brouillard, ne pouvais pas lire, n'écrivais pas. Alors je regardais la mer. Ça soigne, la mer. Ça ne sauve pas, mais ça fait passer ce temps où l'on se tuerait d'ennui. Ça fait ronronner cette souffrance sourde qui ne vous lâche pas, gomme à mâcher collée aux chaussures. Saleté.

Un matin très tôt, sur la plage d'Hydra où des jeunes gens avaient chanté et dansé et fait l'amour toute la nuit, je suis entrée dans l'eau rose et j'ai marché jusqu'à en avoir les vagues au menton. Doucement, la mer m'a renvoyée sur la rive. Je suis rentrée dans la maison louée, je me suis séchée, j'ai repris mon sac et un bateau. Rome enfin, mes persans et mes siamois pour continuer à vivre comme je le pouvais.

Moravia, *caro mio*, que fais-tu aujourd'hui avec cette *gattamorta*, cette chattemite qui te tient lieu d'amoureuse, où es-tu quand j'ai besoin de toi comme maintenant ?

Les feuilles larges du mûrier et celles, pointues et sombres, du laurier moussent dans la tiédeur, on croirait qu'elles respirent. Les chèvrefeuilles couvrent le muret, leur masse cache la pierre blonde ; il faudrait que j'en arrache une partie, mais je ne peux m'y résoudre. Sous la pluie, les herbes se couchent, se reposent.

Moi aussi. Je reste sans bouger. Je ne sais quel parfum, du jasmin étoilé ou des fleurs d'oranger, j'aime le plus. J'ai la main verte. Le cœur vert. Aujourd'hui, j'ai le teint un peu vert aussi. Ça passera. Tout finit toujours par passer.

Tout est blanc de pleine lune ce soir. Combien de fois la verrai-je encore se lever ? Dix, vingt peut-être ? La nuit s'ouvre, claire, sur le mystère. Le monde est si beau. Il continuera sans moi.

L'enfant
 Tête baissée, poings fermés pouces tournés vers l'intérieur, hanches ceintes d'un tissu usé par l'été, debout dans le sable l'enfant regarde quelque chose, l'observe longtemps sans bouger. Toile d'écume autour des orteils, il reste immobile, vagues mourantes à ses pieds. Puis il se penche, ondule dans la brise, faisceau d'herbes foulées. Un banc de poissons froisse le pli de l'eau.
 D'entre les algues, un crabe surgit. L'enfant pose l'orteil devant lui. Pinces en l'air, le crabe défie l'enfant qui rit puis s'accroupit. Genoux à terre, lèvres serrées, yeux rétrécis. Maigres épaules brunies, ailes repliées. Un souffle d'air argente ses tempes, fouille le duvet de ses mollets.
 Après c'est le soir, et le vent qui tombe, et les cris des adultes qui le cherchent. À la voix qui

l'appelle, l'enfant ne répond pas. La voix reprend : *Que fais-tu là, Elsa ? C'est un jeu ?*

Elsa lève les yeux. Ils sont verts, ou violets. Elle répond : *C'est un secret.*

J'étais une fois
ELISA ANTONIO MORO, *au siècle* Elsa Morante, née à Rome en 1918 (*mais j'ai menti*).

Née pauvre, j'ai grandi tête de mule, tête de Méduse. Après mes noces avec un comte richissime j'aurai dix bagues, une par doigt, chacune avec une pierre précieuse différente. Je serai une étoile qu'on aime autant qu'on la déteste, dans le monde entier l'on murmurerait mon nom avec respect et envie. Morante. Le nom de mon faux père. Et un autre que je ne peux dire que tout bas. Arturo Boote, mon enfant de l'île. Une géante rouge dont la lumière se répand en queue d'une constellation perdue.

Ma mère savait. Elle était enseignante. Son mari, Augusto Morante, s'occupait de gamins perdus dans une sorte de prison que l'on appelait *riformatorio*. Le mot vient de reformer, mais cette école ne formait rien du tout, à part du désespoir. Quant à mon vrai père, Francesco Lo Monaco, il venait chez nous les poches remplies de bonbons. Il riait, chantait des airs d'opéra, trinquait à la cuisine à notre santé. Puis il couchait avec maman et lui faisait un enfant. Pas à tous les coups, mais quand même.

Le premier petit garçon était né avec des yeux grands ouverts comme des bouts de ciel. Il faut croire que ce qu'il a vu ne lui a pas plu, car il les a refermés, et, à la fin de la journée, il était mort. Francesco Lo Monaco est arrivé, a consolé maman, et neuf mois après, un nouveau bébé est venu au monde.

Moi.

J'étais une fois.

Ensuite, cela a été le tour de mes deux frères et de ma sœur – Aldo, Marcello et Maria. *Batti batti le manine che stasera c'è papa porterà le caramelle e mamma le mangerà.* Frappe frappe dans tes mains ce soir papa viendra des bonbons plein les poches pour maman qui les mangera.

Maman, ma petite maman. Je t'ai adorée. Je t'ai haïe. J'ai voulu que tu meures. J'aurais voulu mourir à ta place. Je voulais m'y habituer à l'avance. Tout ce temps à attendre que cela arrive, et puis. Oh. Maman.

Augusto Morante, mon faux père, que faisait-il pendant que maman tombait enceinte, allaitait, sevrait puis élevait ses enfants ? Pendant qu'elle donnait des cours particuliers de français et d'italien, de composition et de grammaire aux fils des gens riches – bien payés – et à ceux des gens pauvres – *pro bono* ? Il travaillait, ou allait boire un coup à l'*osteria,* ou bricolait à la cave où il dînait seul devant son journal, tandis que nous tous prenions nos repas à l'étage.

Je me souviens d'Augusto cherchant une place libre sur les murs de la maison pour y suspendre un tableau, une photo, une coupure de journal. Maman criait. De la place, il n'y en avait plus. Des attrape-poussière, et pouvaient-ils débarrasser le plancher, lui et son fourbi ? Augusto soupirait et terminait d'arroser les plantes qu'il faisait pousser un peu partout, des grimpantes aussi barbares que celles des contes de fées. S'il avait pu, il aurait transformé notre salon en serre. Maman hurlait de plus belle. Augusto Morante s'en allait, voûté, incompris et narquois. Mortifié et satisfait. On l'avait maltraité, c'était dans l'ordre des choses. Il partait vaquer à ses mystérieuses affaires, dans la cave ou ailleurs, au diable enfin pourvu qu'il sorte de l'orbite de ma mère, de la nôtre aussi. Puisque maman ne pouvait le supporter, nous, qui étions ses enfants, ne pouvions pas le sentir non plus. Ce petit homme gris qui hantait notre maison et dormait dans ses tréfonds n'avait rien en commun avec nous.

Alors qu'elle.

De notre reine mère, notre *condottiere,* nous avions pris nos chevelures, nids de serpents, diadèmes de princes déchus. Le verbe haut, l'imagination rapide, et le sentiment qu'un jour toute notre famille serait reconnue à sa juste valeur : nous étions les héritiers d'un royaume dont nous avions été exclus à cause d'un péché que nous ne connaissions pas. De ses quatre enfants c'était moi, secrètement, aveuglement, jalousement, qu'elle avait investie de cette mission ultime. J'allais racheter notre noblesse déshonorée. Je n'ai jamais renâclé, ni d'ailleurs mes compagnons de fratrie. Elle nous avait créés à son image, façonnés avec ce qu'elle avait de meilleur, comme elle avait emprunté ce que son amant Lo Monaco avait de plus beau. Nous tenions de notre père naturel les pupilles d'eau de mer, mauve et émeraude, nacrées et changeantes comme les ormeaux dans la vague. Longtemps, il a suffi que je regarde un homme avec ces yeux-là pour qu'il tombe dans mon lit.

Quand il venait chez nous, Lo Monaco nous apportait des biscuits. Des petits gâteaux appelés Le Marie, ni très chers ni très bons. Cependant, nous pouvions en manger tant que nous voulions, et ne nous en privions pas. Notre père chantait bien, il avait une voix de baryton et privilégiait les arias de Tosti — un compositeur qui était, comme ses biscuits, abondant et ordinaire. Maman avait l'air contente, donc, nous, les enfants, l'étions aussi. Sans nous concerter, nous étions d'accord sur un point : Lo Monaco était fait d'une matière « inférieure » à celle de notre mère, moins fine, plus grossière. Je me rends compte à quel point nous étions sensibles aux verdicts muets d'Irma – ses silences étaient plus cruels que ses jugements, et Dieu sait que ceux-ci pouvaient être d'une férocité définitive.

Je ne me souviens pas du moment exact où j'ai su qui il était, cet ami de famille que je voyais depuis mon enfance. Plus tôt que les autres composants de la fratrie, probablement, à cause de la proximité animale avec maman. Me l'a-t-elle confié ? Le lui ai-je demandé ? Pourquoi sur ce fait précis ma mémoire me fait-elle défaut ? Mon petit frère m'a avoué, il n'y a pas longtemps, qu'il y eut conseil de famille. Dans ma chambre. Je n'en ai aucun souvenir. Peut-être gît-il dans un des tiroirs dont j'ai caché la clé.

Mais toutes mes clés sont dans mes romans. Que celui, ou celle, qui tentera de raconter mon histoire le sache : hors de mes pages, mon existence entière n'est que commérage. *Quelques détails, quelques goûts, quelques inflexions.* Aborder l'histoire d'autrui n'est acceptable que dans la désinvolture oublieuse et amicale d'une partie de cartes avec un inconnu. Je suis tout le monde. Le monde, c'est moi.

Histoire d'une poupée
était le titre de mon premier carnet. J'avais six ans lorsque ma marraine Maraini Gonzaga, mariée à un comte milliardaire, m'a emmenée vivre avec elle dans sa fastueuse demeure de la via Nomentana, aux portes de Rome. C'est dans son jardin – un parc qui me paraissait immense, avec des statues, des jets d'eau, des grottes artificielles et des escouades de jardiniers – que j'ai lu en cachette mes premiers romans, chipés dans la bibliothèque du palais. Dans *Nana* de Zola, la phrase *Et la courtisane tomba comme une vierge dans les bras de cet enfant qui l'aimait* m'avait laissée perplexe. Je ne pouvais concevoir les émois d'une courtisane. La vie de Nana y était dépeinte de la manière dont j'avais envie de la lire : innocence bafouée, revanche sociale sur lyrisme de pacotille, une bassesse joyeusement contée par des phrases pimentées. Avide, je buvais ces pages avec ravissement. Lorsque j'y repense, je

suis amusée que mes goûts littéraires n'aient pas tant changé que cela. Je louche toujours sur les ambiances crépusculaires, les histoires de viol et de mauvais garçons. Mais je sais aujourd'hui qu'on peut faire aussi de la *bonne* littérature avec ça.

Dans ma dernière demeure romaine, ma tanière d'azur (*c'était mes années féroces, Oh Elisa ! comme je mordais !*), deux pièces et une terrasse, je semais des tournesols qui fleurissaient l'été durant. L'une de mes premières nouvelles, *Histoire des enfants et des étoiles*, écrite à onze ans – trente kilos et les cheveux jusqu'aux reins –, raconte comment au royaume de la vilaine sorcière Toiled'araignée les fleurs sont transformées en enfants par la baguette magique de la fée Ultima. Les violettes incarnent les petites filles pudiques, les roses les fillettes confiantes, les coquelicots les plus farfadettes, les marguerites les plus effarouchées. Quant aux garçonnets en culotte courte, les plus dodus et arrogants sont des tournesols. Après une terrible lutte au cours de laquelle la fée Ultima terrasse la méchante sorcière, elle envoie les enfants rejoindre leur maman sur Terre. Mais, malgré sa blanche magie, pendant le long voyage beaucoup de fleurs se fanent et succombent. Ainsi Toiled'araignée, même morte, continue de tuer.

Je savais déjà que le Mal renaît sans cesse de ses cendres, Phoenix qui ne succombe jamais.

Ma mère – *maquerelle* – allait vendre mes nouvelles, mes fables et mes dessins dans les rédactions dès mon plus jeune âge. C'était elle-même qu'elle vendait. Ma mère aurait voulu être moi. Puisque c'était d'elle que je sortais, elle était un peu moi et j'étais un peu elle, et même si j'avais honte de sa fierté, j'étais fière de ce que j'étais. Quand l'heure est venue, elle m'a vendue aussi. Avec ma complicité révoltée. Ce qui m'importait, c'était publier, être lue, continuer à écrire, devenir meilleure. Être heureuse. Être aimée.

Ma mère Irma a su reconnaître l'écrivain que j'étais. Nous étions d'accord là-dessus. Toutes les deux nous savions que j'étais prête à tout pour ça.

Que reste-t-il de l'enfance si ce n'est des instants figés comme des photos dans la mémoire. Le moment où l'on a cueilli une primevère, un printemps perdu d'il y a soixante ans, la curiosité répétée pour ce nid de roitelets qui obligea la mère oiseau à fuir, laissant mourir ses petits – et quelle honte en avait-on éprouvée –, la fois où, bras et jambes en croix, étendus sous cet arbre en fleur, on s'était dit : Je me souviendrai toujours de cet instant. Que reste-t-il de l'enfance, si ce n'est une passerelle magique jetée entre les deux rivages d'une vie, pour peu qu'on ait le courage d'imaginer qui on est, qui on veut être. Qui on a été.

L'enfance du début. L'enfance de la fin.

Printemps 1918

Quartier du Testaccio, Rome. La guerre est toujours présente, mais si loin, là-haut sur les Alpes, une partie d'Italie aussi inconnue que le pôle Nord. Naples, qui n'est pas si éloignée, a été bombardée par un dirigeable au mois de mars, mais qui le sait ? On parle d'incendies dans les quartiers espagnols, à Posillipo et sur la place de la Mairie. Cela pourrait avoir été causé par des forces rebelles exerçant à l'intérieur de la ville, et qui diable pourrait imaginer que la tempête de feu est venue du ciel, d'une sorte de montgolfière œuvrant dans les ténèbres ?

Il fait déjà beau et tiède, une journée de soleil printanier qui pousse les vieilles personnes à s'asseoir devant leur porte, les lavandières à étendre leur linge sur les fils tendus d'un côté à l'autre de la rue, les enfants à jouer dans les jardinets où se fane le forsythia. Il fait si beau déjà que Donna Maria Maraini Guerrieri Gonzaga a sorti la calèche de la belle saison. Donna Gonzaga possède une voiture à essence, l'une des premières à Rome, mais il n'y a qu'elle et son mari qui aient le droit de s'y promener, alors c'est cette calèche, armoriée et tirée par deux chevaux pommelés, qui s'arrête devant la porte de la modeste maison des Morante. Une belle femme jeune et décemment habillée, sur le qui-vive, sort un instant, puis rentre et ressort de nouveau en compagnie d'Elsa, six ou sept ans, un sac en velours serré contre elle. La femme tient la petite par la main, mais la fillette se contorsionne et réussit à se libérer tandis qu'un domestique en habit l'installe dans les fauteuils de la calèche, sous les yeux médusés des habitants de la rue. La femme voudrait suivre la petite – qui semble déjà l'avoir oubliée, tant ses pupilles reflètent l'orgueil d'être traitée avec autant d'égards –, mais le domestique lui signifie que son rôle est terminé. De la porte de la maison restée ouverte émergent deux très jeunes enfants, propres et bien mis, même si leurs habits sont des vêtements de tous les jours. Ils saluent de la main la fillette qui les quitte pour partir vers un monde qu'ils ne connaîtront jamais, car ils savent déjà que leur sœur n'est pas… eh bien, elle n'est pas comme eux. C'est une princesse en exil, et c'est bien normal qu'elle soit reçue avec tous les honneurs chez sa marraine. Et puis elle tousse beaucoup, et les remèdes qu'on lui administre ne suffisent plus. Ils ont eu peur de la perdre l'hiver dernier, elle transpirait au-dessus de la cuvette aux huiles balsamiques qu'on lui mettait sous le nez, la tête couverte d'une toile, pour qu'elle retrouve son souffle. Elle sortait de là les yeux révulsés et les tempes moites, ses belles boucles plaquées sur le crâne, et elle leur paraissait alors plus petite qu'eux, l'ossature de son visage collée à sa peau couleur d'ivoire, des cernes de plus en plus violâtres sous les iris pâlis. Leur mère avait sa ride au milieu du front, ils n'osaient pas bouger, tandis qu'Augusto comme une ombre se mouvait dans la maison, jusqu'au moment où Irma explosait dans l'une de ses colères, et le petit homme furtif disparaissait de leur vue jusqu'au lendemain.

Elsa fixe, enchantée, Rome qui défile derrière la lucarne de la calèche, la main posée sur le carreau, attentive à ne toucher ni le vase suspendu, avec de la vraie eau et deux tiges de giroflée, ni le petit candélabre dont la bougie n'a pas été changée depuis la dernière fois que sa marraine s'est rendue au théâtre. Ce n'est pas la première fois que la petite Elsa est invitée chez Donna Gonzaga Maraini. Depuis ses trois ans, elle passe beaucoup de temps chez cette parente tombée sous son charme : l'enfant à la langue bien pendue met en joie ses invités. Dans la villa, Elsa est rhabillée de la tête aux pieds avec des dentelles, enivrantes toilettes de princesse. Enfin, elle est elle-même. Sa marraine la dépêche dans son boudoir pour lui poser des questions et lui faire chanter les jolies chansons qu'elle invente. Elsa gazouille en confiance. Elle émerveille jusqu'aux domestiques qui la gâtent, jusqu'à la cuisinière qui la comble en cachette de ses pâtisseries préférées. Elle bavarde même avec les canaris qui, dans les grandes cages argentées, accompagnent de leurs trilles ses comptines improvisées. Ensuite, ce sont des bonbons, des biscuits, des révérences au cours des soirées où elle est exhibée comme un minuscule monstre surdoué. Lorsqu'Elsa se couche et qu'elle regarde par la fenêtre le parc silencieux sous la lune jaune du printemps, son cœur vole vers sa mère et sa fratrie. Elle les regrette, pleure de nostalgie, voudrait être près d'eux dans son petit lit. Elle voudrait aussi ne plus jamais les voir. Elsa s'allonge sous les lourdes broderies du baldaquin, souffle sa chandelle, compose quelques rimes et des chansons pour le lendemain.

Dehors, un hibou lance son cri lugubre, puis s'envole dans la nuit.

Visage d'ombre

Une rue déserte, poussiéreuse. Spectrale. Aucun son ne provient des alentours, comme si une bombe avait tué tout le monde. Je suis aveugle. Assise sur mes épaules, ma mère dirige mes pas comme on éperonne un cheval. Je me réveille. Je pense aux fous guidant les aveugles dans Shakespeare.

Je me rendors, les rêves reprennent. Je suis nue, dans mon corps pur et blanc d'entre l'enfance et l'adolescence, tandis que ma mère, vieille, nue aussi, se penche sur moi pour me bercer. Elle m'offre le sein, en presse le bout, mais n'a pas de lait. Sa poitrine pend, desséchée. Je la repousse, méprisante, mais en même temps je pleure de compassion, et ces émotions contradictoires me déchirent.

Je me réveille de nouveau, bouillante de fièvre. Je vais à la fenêtre, l'ouvre sur la nuit la plus noire. Seuls points de lumière, quelques étoiles luisent entre les branches. Ou est-ce des gouttes de pluie suspendues dans le ciel ? Je cherche mes lunettes, ne les trouve pas. Neve me rejoint. Elle s'accroupit sur son derrière, pousse son museau sous mon coude, réclame ma main sur son ventre. L'aube ne va pas tarder.

Autrefois, j'avais si peur de ces réveils. Depuis que je ne suis pas morte, une partie de moi est comme déjà envolée.

Je chauffe de l'eau, je reprends mon Dante souligné — et les lunettes, qui étaient sur ma tête — avec le goût de ce qui, toute ma vie, m'a sauvée. *Car le mot est le feu.*

Petite fille, on disait de moi : *Qu'elle est jolie ! Et si bien élevée.* Moi, je toisais les adultes de haut et je pensais : *Quels benêts !* Comme ils se méprennent sur les enfants en général, et sur moi en particulier. Je me disais aussi : *Quand je serai grande, Sainte Vierge, aidez-moi à ne pas être aussi bête, à ne pas parler de manière aussi grotesque aux gamins.* Mais comment ces braves gens auraient-ils pu voir l'enfer qui brûlait dans les viscères d'un si petit enfant ? Une créature qui aurait dû être toute neuve, et qui n'était qu'un réceptacle d'âmes anciennes, hurlant dans les ténèbres ? Mon essence est tissée de ces cris, et pourquoi croit-on que les écrivains écrivent, si ce n'est pour prêter leur voix à ceux qui n'en ont pas — qui n'en ont plus ? Toutes ces âmes qui m'ont élue, qui sont entrées dans mon corps pour exister à travers moi, me parcourent et me confient leurs secrets. Les écrivains luttent la nuit contre les dragons pour que les amours, les larmes et la joie des morts ne soient pas oubliés.

Dans la mémoire, vie et rêves parfois se confondent. Est-ce là, le secret de l'art ? Se souvenir de ce qu'on a vu, en rêve ou dans la fièvre, et le récréer, le raconter ? Qui me disait : *Chère amie, toutes les vies sont un peu manquées, l'art est là pour pourvoir à ces manques...* ?

Ne serais-je qu'un pont entre deux mondes, deux réalités qui, sans moi, ne se toucheraient pas ?

Elsa chérie. Tu étais douce et sauvage. Arrogante, menteuse et effrontée, dédaigneuse et charmante et suffisante et intelligente et sensible, géniale déjà, cela n'a jamais aidé personne, après une enfance solitaire on se prépare à une existence plus solitaire encore, et, dès ton plus jeune âge, tu voulais sauver tous les chats et les chiens galeux et tous les enfants incompris, tes anges étaient infectés, abîmés, toxiques. Comme moi. Raconte, mon Elsa.

C'est toi, Bill, mon Beau ? C'est ta voix ? Que je l'entende encore. J'ai si mal cette nuit. Est-ce que j'arriverai au matin ? Est-ce que tu seras là si je traverse le fleuve ? Je me sens si seule. Parle-moi.

Quoi ? Quel est ce premier petit poème que j'avais écrit ? Celui que j'avais composé à deux ans et demi, avant même de savoir épeler (et que maman a religieusement conservé) ?

Un pauvre coquelet
Qui était à la fenêtre
Il lui tombe la tête
Et il va et va et va

Un tout petit coquelet
Qui était à la fenêtre
Il lui tombe la tête
Et il ne voit plus rien de rien de rien

Bill ? Tu es là ?

Entre 1928 et 1930, Elsa Morante termine ses études au lycée, puis progressivement elle part du domicile familial. Par manque de moyens, elle est obligée de quitter la faculté de lettres à laquelle elle est inscrite. Suivent des années de dénuement pendant lesquelles Elsa gagne sa vie en donnant des cours privés d'italien et de latin, en rédigeant des thèses de doctorat et en publiant quelques nouvelles dans des revues. Elle habite alors de manière précaire à plusieurs adresses. La Pensione Prati est son premier foyer, avant qu'elle ne trouve refuge au 300 corso Umberto, enfin un véritable chez-elle.

La ragazza
Gris blanc, gris sombre, gris blanc. La clovisse s'ouvre et se ferme, posée sur un rocher noyé d'eau, séché au soleil puis de nouveau recouvert d'eau. Des filaments verdâtres s'y accrochent, flétrissent, renaissent dans la nouvelle vague. La jeune fille, assise à même le sol, a ramené ses jambes nues sous elle. Elle est restée le jour durant sur la plage, et maintenant que tout le monde est parti et que le soleil se couche, elle n'a pas envie de rentrer. Alors elle s'allonge, se retourne sur le ventre, plonge son visage sur le sable chaud. Elle roule sur elle-même plusieurs fois, on dirait qu'elle écoute une musique qu'elle est la seule à entendre, une bande-son qui lui met les larmes aux yeux, puis la fait rire aux éclats tandis que le soir vient et repart dans la nuit.

Le matin la trouve endormie, les cils humides. Des grains transparents, coquillages et mica, y sont suspendus comme des larmes gelées. Le premier rayon de soleil les fait briller.

Une jeune fille aux cils de cristal clos sur des pupilles de fauve et d'ormeau. La *ragazza* Elsa rêve sa vie.

Mes seins,
aussi gros que des haricots, me faisaient mal. Sous les aisselles et entre les cuisses, des frisettes douces bouclaient. Mes rêves fermentaient. Une nuit que je dormais près de maman, je rêvai d'un taureau. Je me réveillai la chemise de nuit trempée de sang. Maman fut expéditive, mais tendre. Douze, treize ans ? Qu'est-ce qui arrondissait mes seins jusqu'à les faire ressembler à des pommes ? Qu'est-ce qui gonflait mon nid de sang ?

Il fut un temps – *LSD, ma chérie* – où plusieurs voix parlaient en moi. Ce temps est fini, mais les voix demeurent. Elles se multiplient, se chevauchent, redoublent, se disputent. C'est toujours ma voix pourtant. Et je voudrais qu'elle s'adresse à cette petite fille terrifiée, pudique et avide. Je voudrais lui dire que la malédiction qui arrache l'enfant des viscères de sa mère pour le propulser dans le froid est un passage. Que l'on vit avant d'être mort, et que tout est bon. Même la mort est vie. Va, petite. N'aie pas peur, suis ta route. Va.

Ma blessure me préexistait / J'étais là pour l'incarner. (Deleuze. Mes livres soulignés, mes livres usés. Qui les lira, après ?)

Ma virginité
je l'ai perdue par une nuit d'orage à la mer.

Je le connaissais. Nous nous vouvoyions, mais j'avais déjà passé plusieurs soirées en sa compagnie, avec d'autres amis, à Rome. Il me plaisait, je lui plaisais, comme on se plaît sans se le dire, par un regard qui s'attarde, un rire qui résonne, une main que l'on serre et qu'on ne lâche pas tout de suite.

Il était déjà bronzé, lustré par les vagues et l'air, moi je venais à peine d'arriver à Porto Santo Stefano par le train, avec ma mère et mes frères, corps pâle de mon hiver romain, mais bras, visage et cou hâlés. Je m'étais déshabillée sur la plage. J'aurais voulu être nue. Étendue sur le sable bouillant, j'avais attendu que le soleil efface les marques de ma peau. J'avais sommeillé tout l'après-midi, puis mes frères et ma mère m'avaient demandé si je rentrais avec eux à la maison, cette petite maison que maman avait louée pour quelques semaines, *ce n'en est pas assez pour un premier jour ? Tu vas attraper des coups de soleil, Elsa, viens !* J'avais à peine secoué la tête, engourdie par la langueur, une indifférence de bête. Maman, habituée à mes silences et à mon autonomie – bien obligée –, n'avait pas insisté.

Je savais qu'il viendrait. Pas si vite, pas le premier jour, mais entre nous c'était arrangé. Un rendez-vous muet. Je l'attendais sans l'attendre. Je l'attendais quand même. Pas si vite, juste pas si vite. À dix-huit ans, on a envie sans savoir ce qu'est l'envie. Mes longues nuits de solitude, chez ma mère d'abord, puis dans ma première chambre, sordide, de Rome, ne m'y avaient pas préparée. Ce n'était que des fantaisies d'enfant vicieux. J'étais vierge en chair et en esprit. On ne rêve pas de ce qu'on ne connaît pas.

« Elsa, c'est toi ? » D'emblée, son tutoiement. Le mien fut plus tardif. Comme un premier consentement.

Nous nous étions attardés sur la plage. Le gardien de nuit fermait les cabines en bois qui avaient pris une couleur blême dans le soir orageux. Moi, j'avais avancé dans l'eau jusqu'aux épaules, et je l'avais regardé nager.

« Elsa, tu ne viens pas ?

— Non, j'ai un peu froid. »

Je ne voulais pas avouer que je ne savais pas nager.

Le vent annonçant la tempête hérissait mes cheveux, les jetant dans mes yeux, et arrachait presque la chemise blanche qu'il avait enfilée sur un pantalon en toile après son bain.

Il m'a embrassée alors que les premières gouttes de pluie tombaient. Sa bouche sentait le tabac et le café, le sel aussi, une belle bouche moelleuse, il râpait un peu, et j'ai aimé. Il riait, car mes boucles se prenaient entre nos lèvres, et j'aimais qu'il rie sur ma bouche, j'aimais rire parce qu'il riait.

Il avait presque quarante ans de plus que moi, il était aussi beau qu'un homme peut jamais l'être, aussi brillant et doué et célèbre, aussi triste aussi. Sa fille avait mis fin à son existence quelques mois auparavant. Elle n'avait qu'un an de plus que moi. Je ne sais ce qui se passa dans nos têtes, dans nos cœurs, je sais simplement que, parfois, la vie m'a donné ce que je n'avais pas demandé, et dont je ne savais pas que j'avais besoin. Diaphragmes de désespoir, éclairs de rage et d'injustice, pourquoi j'étais là, sous lui, sur lui, vivante et chaude, tandis que sa fille se défaisait dans un tombeau ? Que personne ne vienne me dire que l'on n'a pas de ces pensées, que personne ne vienne me faire la morale. En lui, j'ai vu mon troisième père, pour moi qui n'en ai aucun.

Faire l'amour à son père. Faire l'amour à sa fille. Scandaleux, n'est-ce pas ? Ces gens qui disent : Ce sont des monstres, ne savent pas à quel point ils le sont plus encore de s'ignorer. Monstre vient se montrer. On montre du doigt celui que l'on ne veut pas voir en soi. Nous en sommes là, tous autant que nous sommes. Pauvre, monstrueuse humanité.

Il m'a fait l'amour gentiment, puis violemment, puis amoureusement. Il m'a raconté des histoires de voyages et d'Afrique, de savanes et de lions, d'éléphants qui chargent, de courses en dromadaire. Il avait lu mes fables, mes contes et mes nouvelles, il les appréciait, je lui en sus gré. Il m'a parlé d'écriture, car c'était un écrivain connu, et qui sait si, en couchant avec lui, je n'avais pas voulu qu'il me passe en quelque sorte le témoin. Enfant, j'attrapais des papillons, je les caressais avant de les relâcher, la poudre mordorée me restait sur les doigts. Dans mon orgueil naïf et démesuré, ce que je lui réclamais, ce n'était pas tant qu'il m'apprenne à écrire. J'étais convaincue d'être en cela meilleure déjà que lui. Je voulais seulement apprendre à voler de mes propres ailes. Vivre de mon écriture, voilà ce qui m'importait par-dessus tout.
J'écoutais les yeux fermés tandis qu'il m'embrassait, et même si je ne comprenais pas tout car il murmurait en me buvant, jamais je ne lui ai demandé de répéter. Je devinais tout. J'entendais avec ma peau, mes cheveux, ma bouche. Avec mon

corps tout entier, dunes blanches, arêtes sableuses, marais enchantés. Je flottais dans cette sorte de prière qui sort de la bouche des hommes quand ils vous font l'amour, une prière dont ils ne savent rien, qui repart là d'où elle vient quand ils en ont terminé avec vous, et cette voix qui naît du plus profond de leur secret d'homme les embarrasserait si seulement ils s'en souvenaient.

J'ai xxx. Plusieurs fois.

J'ai eu de la chance de comprendre tout cela, et de rencontrer le plaisir dès cette première fois.

Je suis rentrée à la maison louée par ma mère en passant par la plage. Le ciel était tout noir encore, des nuages immenses le traversaient, laissant entrevoir quelques étoiles brillantes. Je me souviens avoir un peu pleuré, de fatigue, de bonheur, et d'un vague regret.

Ci muovevamo sperduti, come attraverso un fragore prorompente, che ci urtava, ci avvicinava e ci separava, vietandoci d'incontrarci mai. Perdus, nous nous mouvions dans une tourmente qui nous poussait, nous rapprochant et nous séparant, nous empêchant à jamais de nous toucher.

Elsa. Tu mens, pourquoi ? C'est avec un jeune type bouclé comme un pâtre, aux amples pectoraux huilés, que tu as couché, et non avec ce brave G. pourtant bien méritant que ta mère t'avait mis dans les pattes et à qui tu as tourné la tête – ce qui, incidemment, t'a permis de publier ta première nouvelle dans un grand magazine. C'est toi qui me l'as raconté, tu ne t'en souviens pas ? Tu perds la tête, ma pauvre vieille.

Bill, c'est toi ? Je ne vois pas du tout de quoi tu veux parler. Ce n'est pas parce que ce n'est pas la version officielle qu'elle n'est pas vraie. Plusieurs réalités peuvent cohabiter. Se succéder. Ce jeune homme bouclé, c'est vrai qu'il était tentant. Sa chemise à même la peau, le lin rouge qui caressait sa poitrine... Tu sais de quoi je parle. Ton rire... ris encore. Ne t'éloigne pas, reste avec moi... Ne fais pas le malin, tu ignores beaucoup de choses. G. était l'amant de l'une de mes meilleures amies. Je n'allais pas coucher avec lui, cela n'aurait pas été bien, n'est-ce pas ? La nouvelle dont tu parles... Il me l'avait commandée, puis l'avait signée de son nom sans vergogne aucune. Non, ça ne me fait rien, j'avais besoin d'argent, et des nouvelles comme celle-là, j'en avais plein la tête, la poche, le cœur. Je trouve même que c'est l'une de ses meilleures nouvelles, à ce grand écrivain oublié.

Je mens, moi ? Je suis née en 1918, non en 1912. Je suis Elsa Morante. Elisa, la Mordorée.

Ma marraine

Maraini Gonzaga aimait les femmes. Giacinta et Iosepha, les fillettes que j'ai rencontrées dans sa villa, étaient les enfants de son amante. Giacinta, l'aînée, est vite devenue ma camarade de jeu, mais la jalousie me dévorait. Sa beauté, à l'inverse de la mienne, rayonnait. Quelles couleurs arborait-elle ! Pêche et or, une toison de blé et d'avoine, des yeux turquoise comme la mer au soleil. Mon incarnat de taupe, mes tortillons sombres et emmêlés, mes pupilles de plomb fondu me semblaient fades et laids. J'en admirais d'autant plus Giacinta. Mon sentiment de supériorité se transformait en complexe d'infériorité.

Malgré son penchant pour les femmes, ma marraine était mariée, et bien mariée, à son Crésus à blason. Peut-être maman avait-elle un arrangement semblable – hormis la richesse – avec Augusto Morante ?

Enfant, je ne savais l'expliquer, mais c'est pourtant ce que je ressentais.

Petit singe sournois, j'écoutais les domestiques sans percer le sens de leurs chuchotements, bien qu'à ma manière j'aie déjà ratifié cet état de choses : je ne venais pas d'une réalité « normale ». D'ailleurs, voilà bien un mot qui m'a toujours mise mal à l'aise. Qui est normal ? Qui ne l'est pas ? Ne faisons-nous pas semblant, au fond de nous-mêmes, de trouver le monde ordinaire, alors que nous sommes tous parachutés d'on ne sait où vers l'inconnu, traversant quelque chose qui s'appelle l'existence, et nous avons si peur que nous nous accrochons à la « normalité », ce code qui est comme un fil d'eau glacé sur lequel nous marchons un pied après l'autre tandis que, devant et derrière nous, nos semblables sont aspirés par le vide, jusqu'à ce que notre tour arrive.

Fallait-il qu'il en soit ainsi de mon enfance pour que mon adolescence inquiète se teinte des plus violentes nuances de désir, de mortification et d'amertume ? J'aurais pu tuer pour être reconnue à – ce que j'estimais être – ma valeur.

Les disputes à la maison. Maman qui hurlait. Moi qui hurlais plus fort encore. Augusto Morante qui se défilait. Les petits qui pleuraient, essayant de nous séparer tandis qu'elle et moi en venions aux mains. Ce dont je n'arrive pas à me souvenir, c'est pourquoi. Quelle était l'étincelle qui mettait le feu aux poudres ? Il me semble a posteriori qu'il n'y avait aucune raison pour que ça aille aussi loin. Ça démarrait pour des détails infimes. Une remarque, souvent. Quelque chose d'humiliant – Tu as une tache derrière, tu sors comme ça, ma fille ? ou Ta jupe te rentre dans les fesses, tu ne sais même pas t'habiller sans ta mère, pauvre enfant. Toujours quelque chose de vaguement sexuel. Toujours quelque chose qui me faisait sentir laide et sale, indésirable et incapable. J'ouvrais la bouche pour répondre, la vipère levait la tête dans ma gorge. Une puissance de destruction nous envahissait. Pourtant, chaque fois que je retournais à la maison, j'étais habitée par le besoin de « faire la paix ». Je me sentais si seule. J'avais besoin de voir le visage de ma mère, de sentir son odeur, *lait, salive et miel*; je rêvais d'un mot doux, d'une caresse sur mes cheveux. Deux, trois heures à la maison, et je me retrouvais projetée sur le trottoir, mon sac à la main, sanglotant de fureur. Les petits terrorisés me regardaient par la fenêtre, sans même oser me saluer de peur de déplaire au tyran.

Je ne sais comment j'ai réussi à ne jamais passer à l'acte. Étrangler ma mère. L'éventrer. Lâcher toute forme de raison. Enfin glisser dans la folie. Vivre le reste de mon existence avec un trou dans la tête, ne plus penser. Ne plus souffrir. Ne plus être moi. Ne plus la haïr. Ne plus l'aimer.

Au cours de la jeunesse, les marques de désordre sont souvent les stigmates de la quête de soi. Que l'on devienne ce que l'on est *in nuce* ou que l'on rate la marche, l'effort nous laisse crevés au bord du chemin. Avais-je vraiment de la valeur ? Les seules armes à ma disposition s'appelaient énergie et travail. Des mois, des années de travail acharné. Ma mère m'avait passé l'information en me donnant, en même temps que le sein, une injonction : une femme doit se jeter tout entière dans la mêlée. Son corps, sa ruse, ses forces vives. *Et souvent, ce n'est pas suffisant.* Se vendre, se louer, quitte à se perdre. Et guetter l'étoile qui brille, tous les soirs, à la fenêtre. Un jour, avec un peu de chance, elle sera à portée de la main.

J'y suis arrivée. J'ai saisi mon étoile au vol, comme je le faisais avec les libellules de mon enfance. Aujourd'hui encore, je garde le poing au fond de ma poche ; je ne l'ai jamais desserré, même si l'étoile a fini par brûler ma main, embrasant mes doigts et gagnant mon cœur qu'elle a consumé. Je l'ai payée de mon sang. Je n'ai jamais regretté.

Elisa debout,

parmi cinq ou six autres femmes, en file indienne dans un couloir vert décrépi. Il n'y a pas de bruit, aucun murmure ne vient de la petite procession de créatures muettes. Elisa est parmi les autres, la troisième entre une grande blonde au visage grêlé et une déjà vieille qui grisonne. Une par une, elles sont appelées dans une pièce, dont la porte se referme derrière leur passage.

Lorsque c'est son tour, Elisa va dans la pièce et se déshabille ; de ses mains moites elle replie ses affaires, reste en combinaison, les bras refermés autour de ses épaules. L'infirmière qui entre, épuisée, ne la regarde qu'à peine. Elle lui dit de s'étendre sur le lit recouvert d'un drap, soupire bruyamment lorsqu'elle s'aperçoit qu'Elisa a gardé sa culotte. Elle lui demande de l'enlever en l'aidant parce qu'Elisa tremble, une jambe puis l'autre qu'elle lui ordonne de poser sur les étriers. Elisa a le front en sueur, un nœud de morve dans la gorge, les genoux qui frémissent et une folle envie de se lever et de s'enfuir. Elle respire bruyamment, des sanglots se prennent dans sa poitrine, l'infirmière lui murmure de se calmer, c'est vite passé, et ces mots mécaniques apaisent Elisa. Elle ne veut pas voir l'homme qui arrive maintenant dans la pièce, ni les ustensiles en acier et en caoutchouc qu'il tripote, elle serre les poings tandis qu'il introduit un objet froid en elle, ensuite c'est le grondement du sang, un bec qui lui ronge le cœur, une succion molle, c'est fini, un flot cramoisi emporte tout, passé et futur, Elisa sait que jamais – plus jamais.

L'infirmière lui apporte un peu plus tard du pain avec de la confiture d'abricots, c'est la meilleure chose qu'elle ait mangée de sa vie, pense-t-elle en dévorant sa tartine jusqu'à la dernière miette. Elle n'a plus d'argent jusqu'à la fin du mois.

J'aimais jouer,
 mais plus encore j'aimais gagner. Avec mon amie M., on se défiait. C'était à celle qui courait le plus vite. Celle qui mangeait le plus de bonbons. Celle qui croisait le plus de regards d'hommes dans la rue. Celle qui arriverait à coucher avec le garçon qui nous plaisait à toutes les deux.

 M., c'est une drôle d'histoire. Je n'étais qu'une fillette, sept ou huit ans, lorsque je l'ai repérée sur la plage où nous étions, mes frères, ma sœur, ma mère et moi. Elle jouait près des cabines avec un chapeau ridicule sur la tête. Elle dessinait des hippocampes sur le sable et fabriquait des châteaux recouverts de coquillages qu'elle détruisait ensuite, solitaire et orgueilleuse. Comme moi. En même temps, elle avait l'air perdu, petite chienne lancée sur la lune pour y mourir toute seule et terrifiée. Comme moi. J'avais décidé que je ne jouerais qu'avec elle, et j'ai obligé maman à aller parler à la sienne. Nous avions ensuite convaincu nos mères de nous laisser dormir ensemble, un soir chez l'une un soir chez l'autre. Dans la chaleur du plein été, nous nous couchions seulement vêtues d'une chemisette en coton, rose pour elle, blanche pour moi. Je sens encore ses menottes qui s'agrippaient à mon cou, je me vois rabattre le drap sur ses boucles pour qu'elle s'endorme après nos interminables murmures, j'ai encore ses pieds qui viennent chercher mes mollets lorsque, au milieu de la nuit, il faisait plus frais, et qu'elle se recroquevillait contre moi. Sa respiration faisait un nuage sur mon cou, chauffait ma poitrine à travers ma chemise, ses cheveux chatouillaient mon visage, et si je tendais les doigts, j'effleurais ses cils baissés. La première lumière qui filtrait des persiennes était rose et or. J'ouvrais les yeux sans bouger, pour ne pas la réveiller. L'odeur de l'aube entrait dans la chambre par la fenêtre ouverte dans la cuisine. Ça sentait la dune humide et les joncs et la rosée, j'avais envie de cette nouvelle journée, en souriant je me promettais tous les bonheurs, le chemin de sable fouillé par nos pieds nus, les lys marins qui poussaient dans les creux, les minuscules escargots qui recouvraient les herbes drues, les gueules de lion jaune vif que nous cueillons et ouvrions entre le pouce et l'index pour les faire rugir, les châteaux de coquillages, les glaces à l'eau, la tranche de pastèque, le sandwich au chocolat noisette de quatre heures, et de nouveau le chemin entre les dunes qui nous ramènerait le soir chez l'une ou l'autre pour une nouvelle nuit.

Ma sœur, mon bébé, mon amie du cœur, la revoici des années après, celle qui jouerait avec moi jusqu'à la fin de notre printemps à toutes les deux.

Nous étions alors à des années de la prochaine guerre, et la dernière n'avait guère compté pour nous, qui étions alors trop jeunes.

Rome était un terrain de jeux tout trouvé. Tout changeait, tout se modernisait. On avait détruit les abords du Colisée. *Dans mes rêves récurrents, je débouche sur ce théâtre antique depuis plusieurs ruelles chaque fois différentes, comme si... comme si dans d'autres vies, auparavant, j'avais déjà habité là.* Les marchés de Trajan et l'avenue des Fori Imperiali étaient méconnaissables, des excavations bordées de détritus. On allait construire une nouvelle voie, plus ample, avec une perspective et une promenade élégante. Sur la façade d'un palais du centre, on avait apposé le visage de Mussolini entouré du mot OUI, OUI, OUI, cent fois répété. Non que cela nous touche, M. et moi. Pas encore, en tout cas. Sur la Piazza Navona, depuis toujours l'un de mes endroits préférés, on bâtissait de nouvelles demeures. À proximité, le Panthéon restait tel qu'il était, énigmatique avec sa coupole couleur de lait caillé et ce trou rond par lequel il pleuvait à l'intérieur, et Dieu, que j'aimais m'y rendre lorsque l'eau de pluie tombant du cadran ruisselait et disparaissait en tourniquets à mes pieds.

Une nuit, il faisait presque tiède malgré le mois de février, nous étions M. et moi accotées à la balustrade de Villa Borghese. Nous nous rendions là-haut pour contempler Rome, bel animal familier étendu à nos pieds. Seules quelques lueurs palpitaient dans ses plis de velours vivant.

Des années après, à Paris, j'ai également contemplé la ville une nuit, et je me suis rendu compte de la différence avec Rome : son éclat éblouissant me blessait les yeux, ne laissant aucune place à l'imagination. Je me suis souvenue à quel point ma ville est un Caravage *chiaroscuro,* un miracle secret. Une intimité effarouchée, un baiser volé. Une ville habitée par des bêtes monstrueuses, mi-chevaux, mi-dauphins, animaux mythiques chers à mon âme. Je suis moi-même l'un des monstres sacrés de Piazza Navona.

Rome, bien plus que l'Italie, est ma patrie.

Il pleut
J'entends le murmure de la pluie d'autrefois sur les vitres de mon bureau, sang de Rome battant dans mes veines. Oreilles couchées, les chats s'enroulaient en toques de fourrure serrée. Au plus fort de l'orage, les gouttes tapaient sur les tuiles comme sur une peau de tambour. Je sortais sur la terrasse, visage tourné vers le ciel. Les feuilles des mandariniers ruisselaient, chaque fleur ouverte recelait une perle d'eau parfumée que je buvais. Rafraîchie, je revenais dans la chambre de la torture la plus délicieuse qui soit. Échevelée, délirante, éclaboussée d'épluchures de gomme et d'écailles de crayon, courbée sur mes cahiers, pieds nus sur mon tabouret béni, je tapais comme une brute sur mon Underwood. Sans songer à me laver, à manger, ni à quoi que ce soit d'autre qu'à suivre la route, envoûtée.

Mon histoire ou celle de quelqu'un d'autre, c'est la même chose. *Renoncer au je, c'est renoncer à souffrir.*

Ma sainte, Simone Weil. L'ego nous cache la vérité. Soi, c'est de la complaisance.

Quand j'écris, qui écrit ? Certes, il y a le travail de mise en place, de structure, de correction. Ça, c'est le métier. Mais lorsque je deviens un instrument, un outil de retranscription, quand je suis immergée dans une sorte de dictée hypnotique, d'où vient ma parole ? *Créer n'est peut-être rien d'autre que se souvenir.* Seul s'effacer permet d'écouter la voix. Peut-être, je dis bien peut-être, il n'y a qu'à Proust que je pardonne quelques minauderies. Pour ma part, jamais je n'ai publié un livre qui n'ait eu pour but d'interroger mes lecteurs au plus profond de leur humanité. Mais je m'exprime mal : ce que je voulais, vraiment, c'était changer le monde.

Je referme mes cahiers. Je me souviens avoir mis ma machine à écrire au clou, tellement j'avais faim. J'étais très jeune. Le fil rouge se dévidait à pleines mains, je le suivais sans regarder où je mettais les pieds. Vite, très vite, trop vite, jusqu'au jour où j'ai trébuché.

Aujourd'hui tout ceci – le soin du jardin, l'initiation à la faiblesse – n'est qu'une manière de me libérer de la peur. Pas la peur de la mort, la peur de ce qui vient avant. Appréhender la lenteur, pour moi qui ai vécu le souffle court, c'est le dernier défi. Cette vie, on voudrait la jeter dès qu'elle se fait douloureuse, mais on la bénit pour peu qu'un instant de joie nous revienne. Parfois, ce n'est que l'absence de la douleur. Le repos de la souffrance.

Les vieilles blessures soupirent. Je les aime d'avoir ainsi émaillé mon passé. M'appartenir, c'est les admettre, les revivre, les nettoyer. Que cela n'existe plus ne veut pas dire que cela n'ait pas existé. Je partirai, et tout restera pareil, l'amour aussi neuf, le sexe aussi brûlant, le ciel aussi bleu, la poésie aussi rare. Écrire, oh écrire jusqu'au bout.

La pluie. Une haleine, un pas de plus dans la journée. La terre sent la mousse, la lavande séchée au soleil. Une brume en plumetis enveloppe les arbres et les herbes longues. Je frissonne, mains dans les poches, grosses chaussettes aux pieds. Neve pose ses pattes sur moi. Je caresse ses oreilles et son museau de diablotin chinois. Je voudrais allumer le feu dans la cheminée, mais mes doigts sont engourdis. Je reste sans bouger, sans écrire. Entourée de mes chers amis. Pasolini, crâne aux orbites vides, beau corps passé et fini, chaud corps passé, terminé. Umberto Saba pris dans le vent, le châle rouge de sa Line entre les doigts. Bobi Bazlen, le mage errant, oreille absolue de la littérature, prince des éditeurs, prince des emmerdeurs, que Moravia et Pasolini détestaient, et qui m'aimait beaucoup, moi, peut-être un peu trop. Mon cher Bobi, qui avait passé une nuit entière au téléphone pour que je ne mette pas fin à mes jours – *déjà*. Bobi qui n'a jamais écrit parce qu'il révérait les livres, qui faisait des horoscopes et lisait le ciel, qui ne croyait à rien d'autre qu'aux sirènes, aux chimères, aux coïncidences et à l'absolu. Bobi, moine tao, franciscain à neuf queues qui n'a su aimer que trop tard pour sauver sa peau. Bobi le mitteleuropéen, à qui son psychanalyste avait interdit de retourner voir sa mère à Trieste, et alors il tournait autour, Chioggia, Venise, assez près pour voir la ville se mirer dans la mer, assez loin pour ne pas être happé par elle. Bobi *Malgré Tout* Bazlen, disgracieux, fascinant, menteur, génial, à qui l'on doit Jung et Musil en italien, capitaine au long cours de notes sans livres, qui m'a dit un jour que c'était moi et non mon mari qui méritait le Nobel de littérature. Bobi qui me trouvait belle, amoureux de moi, un peu. Chéri. Bobi mort tout seul dans une chambre d'hôtel après avoir été mis à la porte de son studio. Bobi qui a laissé pour tout héritage un agenda vide et un paquet de cigarettes sur la table de nuit. Parti les mains dans les poches sans regarder derrière lui.

Mais si vous êtes morts, mes amis, pourquoi êtes-vous toujours et encore autour de moi ? Suis-je morte, moi aussi ? Ou alors. Il n'y a pas de différence entre notre monde et le vôtre. On est tous au même endroit, un labyrinthe, cachés les uns des autres par des voiles blancs. Mêlés dans la joie d'avoir été proches. Tous ensemble, à boire à maudire à médire. À rire. Vous excelliez. Moi aussi. Langues de putes, races de commères, prêts à vendre votre grand-mère pour un bon mot. Merci pour la gaieté, merci pour la vie.

Et toi, mon ange, mon fils, mon prince des ténèbres, mon oiseau des îles, Bill, mon frère sur cette terre comme au ciel. Il me reste de toi ce que tu as donné, ce que tu as offert les bras ouverts un jour au soleil : une larme tombée dans un sourire.

Quand tu t'es envolé, Bill, on m'a déchirée de part en part, et dans cette fracture pulse une lumière trop bleue.
 Où s'est enfuie Komquat Fini, ta chatte tricolore ? Depuis la nuit où le téléphone m'a réveillée pour m'annoncer ta mort, depuis les cris qui m'ont arraché toute voix et toute idée, depuis les sanglots qui ont secoué mon corps jusqu'aux racines, depuis ce premier instant – ô Bill, quel désespoir de devoir continuer à vivre dans un monde où tu ne respires plus ne souris plus ne chantes plus –, je me demande où est passée ta chatte. Je ne suis pas retournée dans la chambre de nos rituels pourpres à New York, mais je revois ton lit rouge et les rideaux lacérés sales et abandonnés, le lit nu aux draps volés et les affiches de Gandhi, de Castro, de Billie Holiday abîmés par la pluie. La fenêtre ouverte, personne ne l'a fermée, ta petite cravate orange est encore sur l'étagère de l'armoire dépouillée, et le bol de la chatte dans un coin sous l'évier. *There was once a very lovely, very frightened boy. He lived alone except for a nameless cat.* Il était une fois un charmant, fringant jeune homme qui vivait seul, avec un chat sans nom. Tu avais l'âge

qu'aurait eu mon fils. *Depuis le lieu sans lune de ton silence me réveille le cri du matin / L'oreille pressée sur la terre tendue vers l'écho de ton cœur enfoui / Je cherche la trace de ton sang / Te sauver et te ramener dans le lit où tu dormais / Mais toi, honteux de tes blessures, / Tu masques les chemins qui portent à ta tanière / Je joue et ris dans une danse désespérée Tes yeux décolorés dans leurs paupières / Ne me sourient plus / En chaque garçon que je croise je crois te reconnaître / Je mendie, courant derrière une houppette de cheveux noirs / Une chemisette rouge qui file / Et ta mort grandit / Ta mort voix de sirène / Pardonne-moi l'indécence de te survivre.* Dis, Bill, où est passée la chatte ? Ronronne-t-elle là-haut, dans tes bras ? *La voleuse de mes nuits est une chamelle aveugle et folle.* J'ai froid. Tu avais l'âge qu'aurait eu mon fils.

Fantômes. Voix.

Un lac,
vu d'en haut, le soir. La chienne à mes côtés. Je suis recroquevillée sur une plateforme en bois, simples planches collées, ficelées les unes aux autres, qui surplombe le vide. L'air est limpide, liquide. Des oiseaux entre les branches se préparent à la nuit en pépiant. Derniers vols d'hirondelles, premiers vols de chauve-souris. Le ciel est transparent. Je frissonne. Il y a un appel dans tout mon être, comme lorsque, enfant, l'on me préparait une surprise pour mon anniversaire. Comme un Noël, non, une Épiphanie qui se concerte. Je fixe le lac, ses profondeurs vertes et calmes tout en bas. Le vide est attirant. Neve lève la tête, tourne trois fois sur elle-même, refait sa pelote près de moi.
 Maintenant, c'est la nuit. Dans le lac, les étoiles brillent en tremblant. Le même noir au ciel et dans l'eau. Puis une lumière plus chaude, un lumignon vif commence à naviguer depuis la rive vers le centre

du plan d'eau. Un autre, et un autre, un autre encore, en procession. Les lumignons naviguent dans l'eau plate, se reflètent mille fois dans le frisson sombre.

Des poissons aux ailes phosphorescentes qui se régalent de moustiques ? Des feuilles chargées de minuscules cierges, expédiées d'une chiquenaude dans la vague tranquille par des jeunes gens silencieux ? Des lucioles d'eau, voilà. Dans mon rêve quelqu'un murmure *Mirareripa,* et je me réveille. Je descends du lit, pourquoi diable ai-je demandé au menuisier de le faire si haut, je voulais une sorte d'autel, pour quelles amours mon Dieu, je vais juste me casser la figure, mais les pieds en bois indiens sont beaux, arrête de maugréer, ma chérie, je remplis le verre plusieurs fois sous le robinet de la cuisine, l'eau sent le cuivre, le soufre, le sang. Je pense au mot que j'ai entendu dans le rêve, *Mi ra re ri pa.* Ce n'est pas une ville aztèque. *Mirare Ripa.* Regarder le rivage.

Ultime.

Je sais tout.

Je ris.

(Ne pas oublier de jouer au Loto le 21, le 7, le 17)

金継ぎ **kintsugi** – L'art de réparer

Un jour, un homme que j'aimais m'a offert une poterie japonaise. La couleur de ce bol d'un gris *sfumato* était plus indécise qu'il n'y paraissait, ciel avant que ne surgisse le soleil. Je le tournais et retournais dans mes mains, cela m'évoquait un dessin à l'encre de Chine, des images de montagnes dans le brouillard.

Ce soir-là, cet homme et moi nous étions disputés, cela arrivait souvent et toujours pour les mêmes raisons, ma jalousie disait-il, il lui semblait qu'aimer une seule personne était réducteur, il avait de la place pour deux et même pour trois dans son cœur, en quoi cela pouvait-il me gêner puisqu'il ne me donnait pas moins que ce que je pourrais jamais avoir. J'aurais tellement voulu y croire. J'y avais d'ailleurs, un temps, cru. Ou peut-être avais-je fait semblant. Faible, égoïste, attentif à son bon plaisir, il mentait pour que j'accepte son marché de dupes.

Il voletait de l'une à l'autre selon ses envies et le temps qu'il faisait, plus Don Juan que Casanova, plus amoral qu'amoureux. À court d'arguments, je lui avais jeté la poterie japonaise à la tête. Il l'avait esquivée et pris la porte. J'avais pleuré, dos contre le mur, la moitié de la nuit. Le lendemain, j'avais ramassé le bol en sept ou huit morceaux, et passé la journée à le recoller. Le soir, les fractures étaient toujours visibles, mais ces nervures boursouflées donnaient à l'objet une nouvelle et plus émouvante beauté.

Depuis, j'ai appris. Un bol réparé est plus beau qu'un bol intact. Le charme d'un objet fêlé, plus troublant que celui d'un objet lisse et neuf. Il faut du courage pour montrer nos fractures, pour y fondre un matériau précieux et faire de la douleur une ligne de lumière. Une longue virgule comme un lézard au poignet, le coup de griffe de ma première chienne, Aloha, au cours d'un jeu. Mon genou écorché, un jour enivré de mer et de soleil à Capri. L'ongle de l'index déformé, les touches de mon Underwood. Comme le disait Magnani, pourquoi gommer mes rides ? J'ai mis tant de temps à les creuser.

À propos de Magnani, *Nannarella*. Ses marques sculptées au coin de la bouche, ses yeux qui vous fouillaient, ses amours décourageantes, sa tendresse découragée. Je me souviens d'un film de 1948 qui s'appelait *La Voix humaine*, le texte était de Cocteau, le réalisateur, Roberto Rossellini. Magnani, actrice atypique, beaucoup plus intelligente que ne les sont les acteurs, vivait avec Rossellini, bonimenteur génial, un type prêt à tout pour faire ses films à une époque, l'après-guerre, où l'on était capable de coller à la main des morceaux de pellicule pour obtenir la longueur nécessaire à une scène. Rossellini, donc, est l'homme que Magnani aime à mourir, et lui, il la fait tourner dans ce film terrifiant, un homme qui quitte son amante par téléphone. On n'entend pas ce que l'homme dit, juste ce que la femme répond : *J'ai décidé d'avoir du courage et j'en aurai. J'ai ce que je mérite. J'ai voulu être folle et avoir un bonheur fou. Ne t'accuse pas, tout est ma faute. Je ne savais pas que ce serait si rapide. Sois tranquille, on ne se suicide pas deux fois. Je voudrais te demander une chose, une seule. J'aimerais que tu ne descendes pas à l'hôtel où nous descendions d'habitude. Tu n'es pas fâché ?... Parce que les choses que je n'imagine pas n'existent pas, ou bien elles existent dans une espèce de lieu très vague et qui fait moins de mal... tu comprends ?... Merci... merci. Tu es bon. Je t'aime.* Cette façon maladroite et distraite de vous poignarder dans le dos, presque par mégarde, je la connais bien. J'ai encore les mots exacts de Magnani en tête, et sa manière de les dire, de les tatouer dans le cœur du spectateur. Lorsque, quelques années plus tard, Rossellini a fait tourner Ingrid Bergman, la femme pour laquelle il avait quitté Magnani, dans la même scène, j'ai trouvé cela si indécent que c'en était sublime. Tu disais, Bill : On ne fait que se tenir en équilibre au bord de nous-mêmes et de notre mal, y replonger c'est mourir. C'est pour ça que toi, tu es parti ? Je reste, moi. Je répare ce que je peux de la vie en écrivant. Je fais revivre les folles virées, les amis fous, les folles amours. Mon kintsugi à moi. Si tu étais là, Bill, je te parlerais de mon rêve de la nuit dernière, où je détruisais avec joie le grand mandala coloré que je venais de terminer. Un jour, on choisit avec la personne qu'on aime le restaurant où l'on déjeunera. Le jour suivant, on choisit un cercueil pour cette même personne. Sans le secours des anges, on n'y arrive pas. Tout ce savoir qui était en toi, Bill, la poésie que tu dégageais, les couleurs que tu mélangeais sur la toile, la musique que tu dansais à chacun de tes pas, tes omissions – que tu sois remercié d'avoir fait du secret une forme de liberté – flottent autour de moi. Je n'ai qu'à tendre la main pour m'en saisir. Ta voix basse et tendre, veinée d'allégresse et d'expectative, je l'entends qui dit : N'aie pas peur, Elsa chérie.

Le bol réparé, je l'ai toujours, il trône sur mon bureau, tantôt rempli de fleurs, tantôt de cailloux ramassés au bord d'un fleuve, ou d'herbes, ou de carapaces de cigales, ou d'hélichrysum encore odorant, à la fin de l'été.

Roberto Rossellini est parti un matin à l'aube tandis que mon amie Magnani dormait. Ils habitaient alors au Grand Hotel de Rome. Rossellini l'a embrassée, il lui a dit : Il est encore tôt, je descends les chiens, rendors-toi, mon amour. À la réception, il a confié les chiens au concierge et pris un taxi pour l'aéroport. Ingrid Bergman arrivait dans la matinée. C'est Magnani qui me l'a raconté des années plus tard, un vibrato de jalousie dans la voix en même temps qu'une sorte d'admiration, comme si elle n'en revenait toujours pas. Et elle a éclaté de rire, de son rire de gargouille qui défiait l'enfer de s'ouvrir, le ciel d'exister.

La vie est une folie, sinon elle ne sert à rien. Tu le savais, mon Beau. Tu ne m'as rien appris là-dessus. Tu me l'as juste rappelé. Ai-je été plus légère dans ma jeunesse ? Ai-je été plus folle, plus gracieuse, ou simplement, plus innocente ?

R.T.M.
Je pense que je t'ai toujours aimée tout entière, ton corps adorable, tes petites mains, tes yeux d'agneau myope, les boucles blanches que je peignais chaque jour. [...] Notre amour est toujours là, et je me souviens de toi sur la plage lorsque je voulais t'apprendre à nager mais j'étais trop impatient avec toi, alors tu te jetais à l'eau en riant de ta propre peur, puis tu t'es fâchée parce que tu as bu la tasse, tu es sortie de l'eau et tu es venue vers moi pour me gifler, et tout le monde se moquait parce que toi, toute petite, tu voulais me taper dessus alors que tu ne m'arrivais même pas à la poitrine, tu es allée te réfugier furieuse dans la cabine de bains et je suis venu te demander pardon, j'ai enlevé ton bonnet, je t'ai séchée dans une grande serviette et j'ai embrassé toutes tes amours nues, toutes tes choses salées [...] mon lit sans toi, c'est un enfer, ma nuit de demain sera avec toi, j'embrasserai tes petits pieds, tes jambes et tes genoux et t'embrasserai dedans comme

un fou pour te faire crier et me mordre d'amour comme une tigresse. Je me souviens des mots que tu hurlais quand je t'embrassais comme ça. [...] j'ai lu tes nouvelles qui sont académiques, une littérature pour demoiselles, ceux qui t'en font compliment te le disent pour d'autres raisons mais dans pas longtemps tu seras vieille et laide, et personne ne parlera plus de tes nouvelles, il ne t'aime pas et tu ne l'aimes pas, il se fatiguera de toi, tu resteras toute seule et personne ne voudra plus t'épouser [...] tu es ma petite bâtarde, bientôt ce sera la guerre vous allez tous crever de faim, qui pensera à toi ? Viens avec moi my little birdie, ton amour pour lui n'existe pas, c'est moi ton amour, personne ne t'embrassera comme moi, mes baisers seront pour toi comme des blessures que tu garderas toujours dans ton corps, [...] pardon pour t'avoir dit que tu n'étais qu'une pute, c'est ma maladresse en italien qui m'a fait dire ça, en fait tu es une traînée, une truie [...] j'ai très vite su la vérité 1que tu me cachais, dans ta maison tu faisais les choses le plus abominables avec des vieux et des putes comme toi [...] dis-moi, le général de la Milice fasciste qui est sorti de chez toi un matin n'était pas ton père, non ? [...] Elsie, tu ne te rappelles pas quand je te chantais Sleep Baby, *et tu posais ta petite tête sur ma poitrine pour dormir, tant pis pour toi, tu n'es pas Virginia Woolf, je ne lirai plus rien de toi [...] écoute-moi, mon âme, ma vie, une fois tu t'étais enfuie et je t'ai cherchée partout dans Rome, et le soir je t'ai trouvée et t'ai ramenée, je t'ai embrassée et ton doux plaisir était le mien je le buvais à la source, et tu m'as dit : Ne crois pas à mes fugues, si je m'en vais c'est pour que tu me retrouves [...] alors tu sais quoi, ne m'écris plus jamais, je te prie de ne plus jamais me casser les couilles, tu vois j'ai appris ta langue à force [...] Ton poète c'est bidon, il sera jeté à la mer avec votre Duce et son gendre, comme l'autre espèce de poétaillon aussi, D'Annunzio, mais toi, mon pauvre oiseau, tu ne comprends rien à tout ça avec ta petite tête, alors adieu, j'aimerai une autre femme même si elle a des grands pieds, dis-moi que tu m'aimes avant que je ne sois trop loin pour l'entendre, tu es.*

Je t'aimais, mon Dickie, au point de renoncer à mon bonheur pour faire le tien, mais même ce bonheur, je ne pouvais te le donner parce que je ne l'avais pas. Je pense que je suis la personne la moins apte à faire ton bonheur, ou celui de quiconque. J'espère que nous nous retrouverons lorsque nous serons vieux et indésirables, et alors je pourrai te dire Quanto bene ti ho sempre voluto, *à quel point je voulais et j'ai toujours voulu ton bien.*

D'un amour qui dure des années ne restent que trois lettres. *Ton rire dans le vent / Tous mes souvenirs / Dents de dragon / La mort vient même aux pierres / Je me console en pensant à moi en galet.*

Il pleut
Sur les gouttières envahies de lierre, sur la pelouse qui boit l'eau du ciel, sur les fleurs pâles du cognassier, et si je lève la tête vers le haut des milliers d'aiguilles transparentes me traversent sans me blesser. Cette femme est la même que la jeune fille affamée d'autrefois. Quel mystère, n'est-ce pas ? Comme un homme qui vient de manger ne se souvient pas d'avoir eu faim, je la contemple sans me reconnaître, tout en sachant que je n'ai pas changé. Mais je me souviens. Comme j'en avais assez.

Assez de travailler jusqu'à tard la nuit, m'arrachant les yeux à la lampe pour écrire des inepties à la place d'étudiants qui obtiendraient leur doctorat grâce à moi. Un doctorat que je n'aurais jamais ! Même pas *honoris causa*. Quelle absurdité, aucun doyen d'université ne me l'a jamais proposé, alors que j'ai dû en écrire cent, de ces thèses qui ont décroché des mentions *cum laude*. Ça leur fera une belle jambe, aux doyens, quand les étudiants présenteront des thèses sur moi !

J'en avais assez d'avoir faim aussi. Et de boire du mauvais vin le soir pour m'étourdir et coucher, ou non, avec l'homme qui m'offrait le dîner.

Je passais de la joie la plus parfaite – matins immaculés à écrire dans ma chambre Corso Umberto – à la dépression la plus noire – me réveiller la nuit, la bouche aigre, dans un lit inconnu.

Cela ne s'appelle pas prostitution. Cela s'appelle misère.

S'extraire au petit matin alors qu'il dort encore. Se laver dans une bassine d'eau croupie pour ne pas le réveiller. Sortir dans la rue habillée avec les affaires du jour précédent, culotte dans la poche. Se rendre dans une rédaction, sourire au rédacteur en chef qui vous trouve attirante mais pas seulement. Décrocher peut-être un papier. Retourner chez soi. Se préparer un café fort avec la cafetière sur le réchaud minuscule, seul luxe que l'on s'octroie. Y ajouter le lait qui a dormi sur le rebord de la fenêtre, après l'avoir reniflé.

Tous ceux qui ont eu faim un jour savent que le café au lait coupe l'appétit, trompe l'estomac.

Jusqu'au moment où, comme une bête affamée, il faut se remettre en chasse pour manger.

Il pleut. Quand il n'y a rien d'autre à faire. Et il pleut. Le sage s'assied à l'abri. Et attend.

(*Et se souvient.*)

C'était avant de le connaître.
Moravia. Mon mari.

Novembre 1936, un soir où Elsa festoie avec d'autres jeunes gens à la brasserie Dreher à Rome, elle rencontre, par le biais de son ami peintre Giuseppe Capogrossi, Alberto Moravia. De son vrai nom Alberto Pincherle, Moravia est à peine plus âgé qu'elle mais déjà reconnu en tant qu'écrivain : le succès, à vingt ans, des Indifférents, *son premier roman, l'a propulsé sur les devants de la scène littéraire, lui donnant un statut particulier dans cette Italie aux mains de Mussolini : l'OVRA, la police fasciste, l'accuse de défaitisme politique et moral. Alberto Moravia, malgré son ascendance à moitié juive par son père et ses accointances dans la famille résistante des Rosselli, parvient tant bien que mal à publier ses romans tout le long de la dictature.*

Moravia
Il paraît que, dans l'infini des galaxies, soufflent des vents qui mêlent et entrechoquent dans leurs vortex des guirlandes de poussières interstellaires. Il paraît qu'au sein de ces vents éclosent des jeunes étoiles qui finissent par s'échapper et générer leur propre trajectoire.

J'aimerais savoir de quelle trame céleste surgit la rencontre entre Moravia et cette créature mal fagotée, de bonne humeur ce soir-là, le ventre creux, un verre à la main, riant parmi ses amis. Elsa Elisa Antonio, la Mora. Bientôt la Mordue.

Impossible de me rappeler les premiers mots que nous échangeâmes. Ils sont pourtant là, quelque part au fond de moi. *Je suis tissée de secrets auxquels je n'ai pas accès.*

Ce que je revois – étrange, cette faculté de revivre certaines scènes anciennes, d'en être le personnage, acteur/spectateur en quelque sorte d'un film projeté sous mes yeux, alors que des pans entiers, des jours et des années ont disparu dans une trappe –, ce que je revois, disais-je, c'est cet homme jeune qui avait l'air vieux, ses yeux bruns où brillaient la curiosité la plus froide et l'appétit le plus ardent, sa tête aux cheveux prématurément clairsemés, sa chemise parfaitement repassée, sa veste de la couleur d'une forêt à l'automne, bien coupée dans une étoffe rugueuse, l'intensité détachée qu'il infusait dans tous ses actes, le plaisir qu'il prenait à écouter, à analyser, à se mêler comme un enfant qui a longuement été malade aux autres enfants qui ne savent pas ce qu'est la maladie. Il boitait à la suite d'une tuberculose osseuse qui l'avait immobilisé pendant son enfance et son adolescence, et cette allure saccadée lui conférait un charme un peu enfantin, un peu animal, qui me serra le cœur. En même temps, je me souvenais des mots de ma mère, *segna' da Dio tre passi indrio*, garde-toi de ceux que Dieu a marqués, sorte de malédiction qu'elle lançait à toute créature infirme ou estropiée.

Il y avait d'autres jeunes filles dans cette salle enfumée. Il y avait d'autres jeunes hommes. Des jeunes filles rieuses, des jeunes hommes visage levé, confiants en leur destinée. Mais ce fut nous deux. Moravia était juif par son père. Je suis juive par ma mère.

Le hasard, c'est un écheveau de fils invisibles à nos yeux. Il tresse nos existences à notre insu. De temps à autre, un point carmin remonte à la surface, puis se renfonce dans les mailles de l'inconnu.

Il est curieux de s'apercevoir, l'âge aidant, qu'il n'y a qu'une dizaine de personnes qui se cognent à vous de tout le poids de leur existence : d'un seul coup et pour toujours, ils feront partie de votre histoire.

À la fin de la soirée, Moravia m'a serré la main pour prendre congé. J'en ai profité pour lui glisser la clé de mon studio. Nous avons cela en commun, Moravia et moi. Nous ne lambinons pas avec le désir.

Pourquoi maintenant je pense à une nuit très douce, très claire, lui et moi dans une voiture qu'il conduit, lui chantant je ne sais quelle chanson mièvre et adorable, moi lovée sur le siège en cuir frais, chantonnant aussi, avec le sentiment que cette route est parfaite, que la nuit est parfaite, que tout est parfait, les branches feuillues des vieux arbres qui se penchent sur la chaussée déserte et cette lune jaune pleine énorme tout au bout, et je ne peux que rire sachant que tout cela n'a peut-être pas eu lieu mais que dans les tréfonds de mon être je sais qu'on est arrivés dans une petite maison au cœur d'une clairière, que les bois tout autour bruissaient, que les oiseaux de nuit ont tourné leur tête vers nous, qu'il a allumé un feu dans la cheminée, que nous avons dîné de très bons sandwichs, que nous avons bu, du whisky peut-être, et que nous avons fait l'amour lentement et profondément avant de nous endormir l'un dans les bras de l'autre, et que c'était parfait parfait parfait.

Je n'étais pas une femme quand j'ai connu Moravia, pas tout à fait. Une large bouche, des yeux tour à tour verts violets indigo, des dents effilées, minuscules, aux incisives largement écartées, un menton comme un poing d'enfant, des cheveux en poil de loup, un peu gris déjà, que je tressais parfois et auxquels je mêlais des feuilles, des rubans de soie et de velours torsadé, un corps qui n'avait gardé, de mon souhait d'être danseuse, que la fébrilité des membres, muscles vibrants sous la peau, une minceur quasi diaphane à force de manquer de nourriture, des vêtements composés de châles superposés, de jupes lourdes couleur de rouille sentant l'antimite, d'antiques chemisiers achetés pour quelques sous dans les marchés, des bijoux fantastiques fabriqués avec des fausses pierres précieuses et des fleurs séchées, voici l'Elsa de cette époque, mignonne sorcière, créature vomie par l'enfer, en route pourtant – du moins le croyais-je – pour le paradis.

Je fabriquais des objets magiques avec des plumes et des coquillages, assemblages que j'enveloppais dans des pièces de tissu, les nouant à l'aide de faveurs et de ficelles de cuir. Au cœur, des mots épars pour demander des bénédictions. Ou envoyer des maléfices.

J'adorais faire l'amour. *La beauté séduit la chair pour obtenir la permission de passer jusqu'à l'âme.* Mais la mémoire du désir a ceci de singulier *n'est-ce pas, mon Beau* : on sait qu'on a convoité quelqu'un à s'en taper la tête contre le mur, mais on ne retrouve pas trace de ce désir. Comme si cela n'avait jamais existé, et on ne sait plus pourquoi on a failli ne pas s'en relever.

On dit qu'une femme intelligente est un plaisir de pédéraste. Ce que l'on dit moins, c'est qu'un homme beau, pour une femme intelligente, c'est pareil. Par une étrange pudeur, et pour que le sexe fort n'en prenne ombrage, cela se tait. Mais j'en sais quelque chose. Moi qui ai convoité la beauté masculine à m'en assécher l'eau dans la bouche. Moi qui n'ai jamais été mère pour ne pas être ma mère. Moi qui suis un garçon : Antonio, et plus tard Arturo. Mon faux père Augusto, homosexuel non déclaré, était amoureux de moi, mais non de mes frères. Je ne suis Elsa Morante que dans mes papiers d'identité.

Il pleut
Cette nuit, j'ai rêvé que l'on m'avait donné une clé. Elle ouvrait la petite porte de bois enchâssée dans un long mur en pierre qui entourait un jardin secret. Un jardinier y avait planté des pivoines, des muguets et des iris, sans tenir compte de la saison tardive. Les roses étaient une mer de vagues candides, les hortensias ondoyaient, les corolles légères des cosmos m'arrivaient à la poitrine. Tout était d'un blanc de neige qui vient de tomber, et je tremblais de peur, le gel allait les tuer, je ne pouvais m'arrêter de demander au jardinier comment on allait protéger toutes ces fleurs à peine écloses.
Le téléphone a sonné, ça m'a réveillée. Le téléphone a sonné et ce n'était pas votre voix, mes amis perdus. J'ai raccroché sans parler, reposé la tête dans l'oreiller.
Je n'ai pas besoin de vos photos, vos visages défilent devant moi un par un. Vos cheveux ébouriffés,

vos yeux avides. Vos mains intelligentes qui ont tant caressé, étreint, écrit, dessiné, joué du piano. Vous vous en êtes allés, tous. Chacun à sa manière, dans le lit d'une longue agonie, au bout d'une corde, sous les roues d'une voiture, ou roué de coups, le cœur écrasé. On dirait presque, à l'épilogue de nos trajectoires, que nous avons choisi, dès notre naissance, notre manière de nous en aller, n'est-ce pas ?

Je vous vois mes jeunes et beaux amis, jeunes et beaux pour toujours, riant de moi et de mes peurs. Alors je me moque de moi et je ris aussi. Un mauvais moment à passer ? Ce n'est que ça ? Mes chéris.

Pieds nus dans des bottes fourrées. Humeur mutine. L'herbe est mouillée et parfumée, la terre molle. Enveloppée d'un manteau à capuche, moinillon affairé, nez en l'air, je traque le grelottement du calicantus. Sur l'arbuste nu fleurissent au plus profond de janvier des clochettes blanc doré, pures, sobres versions hivernales du jasmin étoilé. Peut-être les saints embaument-ils ainsi lorsqu'on les déterre cinq cents ans après leur mort.

Des cyclamens et des violettes, il ne reste que les feuilles en touffes épanouies. Curieux comme les fleurs d'hiver compensent leur frêle aspect par des arômes têtus. Les hellébores verts qui ont tant fleuri l'année dernière se sont comme momifiés. Roses de glace, reines des neiges, dont on dit qu'elles servaient aux élixirs d'amour autrefois. Ironique, tout de même, l'utilisation d'une fleur de givre pour appeler la plus chaude passion. Nous sommes quel jour, quel mois ? Quelle année ? Je confonds tout, printemps et été, automne et hiver. Je n'ai plus de saisons, juste cette pluie douce qui m'arrose, me lèche avec la tendresse d'une langue de chat.

Le jardin le plus émouvant, je l'ai vu en Russie lors de mon voyage en 1958. C'étaient des pierres, des coquillages, des cailloux et des rochers de toutes les couleurs, formes et dimensions, posés en cercles sur la terre aride derrière le cabanon d'un vieux pêcheur. Le cabanon, noir et brillant de goudron, aux fenêtres encadrées de bois jaune mimosa, tranchait dans le paysage gris. Ce jardin semblait sorti d'un cauchemar, tout en étant d'une terrible beauté, d'une terrifiante et lugubre et morbide beauté.

Le pêcheur l'avait créé pour sa fille qui s'était noyée cinquante ans auparavant. Elle n'avait alors que cinq ans. Chaque coquillage, chaque fragment recueilli sur la grève étaient une prière. Un chant. Une nuit d'insomnie. Un instant de joie ravalé dans un sanglot. Ce même sanglot qui éclôt dans un sourire pour redevenir sanglot, puis sourire de nouveau. Saisons. Ainsi en va-t-il de cet écrit, où chaque mot est une pierre dans le jardin de ma mémoire. Mais les mots les plus puissants ne peuvent rendre le flux de conscience, les nacres de l'âme en mouvement. Petite fille, je me disais qu'en pensant assez fort, les mots s'imprimeraient tout seuls sur le papier. Qu'ils seraient assez violents et merveilleux pour ressembler à ce que j'avais en moi.

C'est ce qui se passe dans ce cahier où j'écris. Ou peut-être n'y a-t-il plus de cahier, et ne suis-je pas en train d'écrire.

J'ai longtemps vécu en état de grâce. Puis, comme un homme frappé d'une balle continue de courir sans ressentir la blessure ni la douleur, puis tombe et meurt, ainsi les souvenirs s'écoulent de moi et finissent par m'emporter. Souffrir est peut-être mieux que jouir. Ou alors tout est égal. La neige elle-même est plus belle que le soleil. Mais l'amour... *Perché forse è meglio soffrire che godere / O forse tutto è uguale. / Anche la neve è più bella del sole. / Ma l'amore...*

Méli-mélo d'une pensée qui s'embrouille. Les vers sont de Penna. C'est lui qui m'avait présenté Pasolini, son compagnon de drague sur les quais du Tibre. Penna l'incompris, le laissé-pour-compte, candide et perfide, amoureux de la vie. Sa poésie, *Mélancolie vierge et âpre d'un réveil dans un train. / Jeu d'un bel athlète dans le soir long d'un été.* Qui le lit encore, cet ami qui n'avait pas de livres chez lui, qui gagnait sa vie en vendant des croûtes irregardables, qui passait son temps à écrire des poèmes sur les bordures des journaux et les tickets de tramway ? Cette créature mystérieuse qui tombait en amour de garçons aussi galeux et méchants que des chiens enragés ? Je me souviens de l'un de ses amoureux, un jeune homme torve que nous appelions entre nous *culozozzo*. Penna le traitait avec les égards dus à une princesse de sang alors que nous avions peur qu'il lui arrache la main d'un coup de dents. Mais que c'était drôle, et vivant, ce temps où tout était en fleur, où nous nous croyions invincibles, où nous ne soupçonnions pas...

La joie était là, et la beauté, et nous y avions accès sans faire exprès. Je voudrais que ceux qui penseront à nous après notre mort sachent que nous avons fait l'amour, dansé, chanté et ri. Je voudrais que l'on se souvienne que nos corps étaient chauds, nos cœurs troublés, nos amours volées.

Mes amis. Nous restons liés par l'odeur des feuilles froissées et les parfums de mandarine. Par la douceur d'une peau de lait, l'eau turquoise où viennent s'abreuver les bêtes sauvages, la nuit. Par le concerto pour piano n° 24 de Mozart, qui entre à petits pas comme un renard peureux puis s'élance et bondit, stellaire musique qui nous fait dieux.

Je fais la maligne, mais je suis un peu malade. Je mentais lorsque je faisais semblant, petite fille, de tousser. Maman avait si peur. Sa sœur Nice était morte de tuberculose en prison, où elle purgeait une peine pour des raisons politiques. (*Que s'était-il passé ? Pourquoi n'en ai-je jamais rien su de plus ?*) Moi, je faisais exprès de me râper la gorge pour tousser plus fort. Je voulais que l'on m'envoie chez ma marraine Gonzaga.

Je me mentais aussi, affectant de ne pas être malade alors que je l'étais. J'avais des fièvres si violentes que je flottais dans un autre monde. Comme aujourd'hui. Fièvre que je transforme en malaise volontaire pour me cacher... le reste. Assise à ma table, stylo à la main, j'ai la tête qui tourne un peu, et tant de choses à écrire. Le vent et les ténèbres, la mer tendre et fraîche qui se pose en dentelles sur le rivage, et la honte, la culpabilité, la rage et la surprise sauvage des corps-à-corps. Raconter la brûlure, la rosée. La honte, encore. Et la douceur, et la douceur.

La joie et la beauté, voilées par mes ciels lourds de pluie.

Je les retrouverai.

Seul écrire est aussi fort que vivre.

Yeux fermés, je me souviens.

J'écris.

Karma
1936. Un hiver de neige. Dès notre rencontre, Moravia me dérouta. Depuis plusieurs années, nous naviguions dans des eaux boueuses. Nous attendions une guerre à laquelle, lorsqu'elle éclata, nous n'étions pas préparés. Or, celui qui allait devenir mon mari était un écrivain en vue. Je ne sais comment il parvenait à zigzaguer entre les fonctionnaires du régime qui lui permettaient de publier ses articles et ses romans, ses amis antifascistes, et sa conscience quelque peu passive, « indifférente », selon ses propres termes. J'en avais le mal de mer pour lui.
Avec moi, il était inconstant. Passionnel, vite lassé, infidèle. Indéchiffrable. Il me voulait, me rejetait, me laissait seule à me demander en quoi, mon Dieu, j'avais été fautive, et s'il reviendrait.
J'ignorais alors qu'il avait une autre femme dans le cœur. Lélo Fiaux, une jeune peintre suisse, était pour lui ce qu'il était pour moi. Passionnelle, vite

lassée, infidèle, indéchiffrable. Lélo était rousse, gros mollets de coureuse, fesses et seins de nymphe. La fortune d'un père généreux lui permettait toutes les folies. Elle s'exaltait pour ce qui était déréglé, dérangeant, excitant. Interdit. Et elle adorait son amant, Paul, un métis beau, fou. Moravia s'en accommodait. Je l'imagine si bien se piquant aux arêtes de ce triangle amoureux qui devait à la fois le repousser et l'attirer. Mon mari, qui de son propre aveu n'a jamais fait la part de ses penchants homosexuels, était captivé à la fois par Lélo et par Paul. Il aurait peut-être voulu passer à l'acte, ce n'était pas la première fois qu'il était ENCHANTÉ par un homme, cela lui était arrivé au sanatorium lorsqu'il était jeune. Il avait tourné autour dans ses romans, mais jamais il n'avait franchi la ligne dans la vraie vie. L'âme humaine et ses détours le fascinaient – le fascinent toujours. Jouer le rôle que Lélo lui attribuait devait moins le séduire, mais sa curiosité était la plus forte. Et puis, c'était un défi.

Un jour, Lélo, Paul et lui s'étaient rendus à Sorrento, au sud de Naples, pour de brèves vacances. Lélo buvait alors plus que d'habitude. Paul, qui la suivait ou la précédait dans tous les excès, s'était mis à se balader avec un pistolet qu'il menaçait de vider sur l'un ou l'autre de ses compagnons de voyage selon ses humeurs d'ivrogne. Moravia, pragmatique, voulait bien assister au spectacle de l'aliénation, mais pas en être la victime. Il n'était pas suicidaire, n'avait pas assez d'imagination pour ça.

Il avait donc vidé le pistolet de Paul mais, acte manqué ou réussi, une balle était restée dans le barillet. C'est avec cette balle que Paul s'était suicidé une nuit. Lélo en avait été annihilée, Moravia, sidéré. Ce pistolet, il l'a évoqué par la suite dans l'un de ses romans, *Le Mépris*.

Moravia m'a avoué que Lélo et lui avaient attendu un enfant. Il aurait voulu le garder, voyant là le gage d'un futur possible entre eux, mais Lélo avait refusé. Cet avortement marqua la fin de leur histoire.

Malgré cela, Lélo fut longtemps entre nous, présence qui empoisonna nos heures les plus douces, absence qui absorba les sentiments de Moravia et les neutralisa. Il nous fallut des années pour qu'il me pardonne de l'aimer comme il avait aimé Lélo. Pour moi, elle fut l'ennemie la plus intime. Je la comprenais si bien de ne pas avoir donné à un enfant ce qu'elle voulait donner à un homme, à son art, à la liberté.

Avant de connaître Lélo, avant de me connaître, Moravia avait déjà essuyé une bourrasque sentimentale. Il était tombé amoureux d'une demoiselle de l'aristocratie siennoise, Silvia Piccolomini. Élancée, brune, pauvre, noble et bienséante, elle n'était pas très convaincue par la cour de Moravia. Il faut dire que lorsqu'il avait envie d'une femme, mon mari n'était pas très subtil : il la prenait. Il l'avait donc prise, mais Silvia n'avait jamais encore couché avec personne. Moravia, petit-bourgeois malgré tout, proposa de racheter l'honneur perdu de la demoiselle par le mariage. Mais Silvia Piccolomini lui fit comprendre qu'à tout prendre le risque d'un bâtard était moins compromettant que l'union avec un roturier à moitié juif. Le sang de ses ancêtres en aurait frémi dans la tombe. Je ne sais sur quel ton elle lui opposa cette fin de non-recevoir, mais Moravia devint fou furieux. Il l'attrapa par le cou et essaya de l'étrangler. La jeune fille réussit à s'échapper tandis qu'il éclatait en sanglots. Je crois que ça leur servit de leçon à tous les deux.

L'initiation sentimentale de Moravia passait par la trahison et le mépris. La catin et l'aristocrate. Qui serais-je pour lui ?

Un jour, j'ai lu que Moravia avait dit dans une interview qu'« Elsa mourait littéralement de faim – et de solitude – quand je l'ai connue. Elle survivait à peine en rédigeant ses thèses de doctorat ; elle était précise, méticuleuse, elle écrivait bien. Elle venait d'en achever une sur Lorenzino de Medici, notamment. Elle m'en parlait tout le temps. Je l'ai aimée, Elsa, beaucoup. Mais je n'ai jamais été amoureux d'elle ».

Le temps de nos folles amours était passé lorsque j'ai lu ces lignes, mais j'ai pleuré avec la même rage, le même sentiment d'injustice que d'antan. Ah, Moravia, tu as été jusqu'à te tromper toi-même sur la nature de nos liens. Tu m'as infectée avec ta froideur après chacune de tes Grandes Déclarations.

Chaque fois, une honte secrète te faisait désapprendre jusqu'au son de ma voix, jusqu'aux battements de mon cœur, jusqu'à mon nom. Tu m'as trahie mille fois, non pas avec les autres, ce dont j'étais malheureuse et que je trouvais malgré tout acceptable, mais avec toi-même, par ta faculté à nier notre amour. À me nier.

Tu vois Moravia *caro*, *caro* Moravia, le temps ne s'écoule pas pour rien. Je sais aujourd'hui que j'ai été ton épouse devant les hommes et devant Dieu, que les autres femmes n'ont jamais eu ce que j'ai eu, et que par la force même de ton déni – un déni qui a duré tout le long de notre histoire vive, vingt-six ans, et tout le long de notre histoire morte, vingt-trois ans supplémentaires –, tu m'as fait exister. Jamais tu ne pourras t'enfuir, et même séparés comme nous le sommes aujourd'hui, tu ne me survivras pas, ni moi à toi. J'ai jeté notre sang, nos cheveux, notre salive dans le puits sacré. J'ai risqué ma vie pour toi, cet hiver de 1943. Sans ma passion et ma rage, mes instincts de mère chatte, tu n'aurais pas survécu à la guerre, à la faim, au froid, mon pauvre chéri. J'ai enfermé un copeau de nos sexes dans un coffret, je l'ai enterré au fond d'une tanière de belette au sein de la forêt la plus noire, et même si nos cœurs depuis ont palpité pour d'autres amours, jamais plus ils n'ont été entiers. Car l'homme ne peut séparer ce que Dieu a uni.

Une nuit – était-ce notre premier été ensemble ? Ou le deuxième ? Je ne sais plus –, Moravia, de passage à Rome, revenait de Paris et filait le lendemain chez des amis sur la côte toscane. Sans me demander de l'accompagner.

J'étais ivre de colère et de tristesse, je le détestais, j'avais envie de lui, besoin de lui, et plus je désirais ses bras autour de moi, plus il s'écartait. Je lui murmurais tous les mots passionnés que je connaissais, les mots sales aussi, pour l'allumer, le pousser à réagir, mais il restait muet.

Je n'osais pas malgré tout lui faire l'aveu ultime, *Ti amo,* ces paroles qui donnent à l'autre tout pouvoir sur vous. J'ai fini par les lui susurrer à l'oreille, et alors il s'est levé, il s'est rhabillé et a claqué la porte derrière lui.

Ce dont je me souviens aussi, c'est que ce soir-là nous venions de faire l'amour comme jamais auparavant, cueillis tous les deux par une sorte de transe, et que pour la première fois avec lui j'avais xxx.

Moravia était donc parti en vacances sans moi. Il avait d'abord séjourné à Lucca, dans la fastueuse villa de ses amis Pecci-Blunt. Puis il s'en était allé en Grèce. Aucune nouvelle de lui. Août s'était transformé en septembre, la chaleur torride avait fondu dans la moiteur des orages, j'allais prier dans l'église de l'Addolorata, celle qui a les mains qui rayonnent d'argent et de lumière. J'allumais des bougies votives, je restais à genoux pour obtenir la grâce, hébétée. Je suppliais la Vierge de me le rendre, abrutie par cette peine qui, au lieu de s'éteindre, se muait en fureur obsessionnelle.

J'étais à l'époque en train de composer *Via dell'Angelo*, Rue de l'Ange – mais j'aurais dû l'intituler *Il volo dell'Angelo*, Le Vol de l'Ange.

Un écrivain est quelqu'un qui ne sait pas ce qu'il sait. Le personnage principal de cette nouvelle, Bill Morrow, n'était pas encore né. J'ai enjambé ma propre histoire, comme mon Beau, l'ange Bill, le ferait de l'avant-toit d'un gratte-ciel à New York, vingt-cinq ans plus tard.

Au début de l'automne, Moravia est réapparu comme si de rien n'était. Je l'ai giflé à la volée, je lui ai refermé la porte au nez en lui criant des obscénités, et la Vierge m'est témoin qu'à cette minute j'aurais pu le tuer. Puis j'ai été glacée de terreur. J'ai pensé que c'était vraiment fini, j'ai voulu le rappeler avant qu'il ne soit trop tard. J'ai rouvert la porte et il était là, dehors, immobile, ensorcelé par ma violence.

Heureux ceux qui s'embrasseront / Au-delà des lèvres / Au-delà des confins du plaisir / Pour se nourrir des rêves.

Tout ce qu'il y avait entre nous est revenu plus fort encore, la tendresse et la faim et la peur, et cette sorte de rancune et d'amertume qui ressemblait à la haine, l'horreur du vide et la méfiance, la compassion aussi, l'attirance insensée, et les résolutions. Tout a recommencé comme avant, y compris ma jalousie, jointe à l'intime conviction d'être aussi bon écrivain que lui – meilleure que lui, en vérité –, même si, n'ayant pas encore publié de romans, ce n'était pour l'instant qu'intime conviction.

Je n'étais pas reçue par les Académiciens, alors que Moravia en était la coqueluche. Je n'allais pas dans les salons de Donna Pecci-Blunt, car cet épouvantail à la chevelure teinte, aux petits yeux chassieux, à l'énorme nez rouge et à la bouche serrée en une moue présomptueuse, ne m'avait jamais invitée dans son salon de Rome ni dans sa villa de Lucca – alors que Moravia était un intime de la comtesse. Je n'avais pas de jolis vêtements de toute manière, pas d'argent pour m'acheter ne serait-ce que des gants de soirée. Je mangeais un soir sur trois, gardant précieusement mon modeste magot pour m'offrir de quoi boire et commander un plat de pâtes dans une trattoria. Je me levais aux aurores et travaillais jusqu'à la nuit à la lueur d'une bougie. La faim et l'acharnement aidant, mes yeux s'étaient affaiblis. Mais j'étais en feu. Je brûlais à ma propre flamme.
Moravia venait chez moi tous les soirs. Il s'étendait sur mon lit aux montants de cuivre, les bras derrière la nuque, et se moquait – gentiment – de mon image de la Vierge Marie devant laquelle brûlait en permanence un lumignon. Il ne passait pas la nuit avec moi. Il se levait en ronchonnant, se

rhabillait en ronchonnant, puis filait pour rentrer chez lui – enfin, chez son père, où il habitait toujours, à plus de trente ans ! Ses grognements redoublaient lorsqu'il pleuvait.

Je restais seule dans mes draps, bien contente d'être libre, de me lever à l'heure qui me convenait, d'avoir en somme les coudées franches.

Je crois que c'est pour ça que nous nous sommes mariés. Il en avait assez de se rhabiller pour rentrer chez lui.

Le cours des choses s'est inversé à partir de notre mariage. La souffrance qu'il m'avait infligée s'est muée en une vengeance sans fin. Tout le long de notre histoire, j'ai été son ange de tourment, comme le disent nos amis. Je ne m'en cache pas. Je lui en ai fait voir de toutes les couleurs. Il devait aimer ça, et je sais pourquoi. Remettez en cause la vigueur sexuelle d'un homme, et il tiendra toute sa vie à vous démontrer le contraire. Refusez-le, l'humiliation lui servira de stimulant. Je ne dis pas que ça vaut en règle générale. Mais c'est vrai dans beaucoup de cas de figure. L'inquiétude dans une longue liaison, comme l'a été la nôtre, ne doit jamais s'apaiser. Ce n'est qu'à ce prix que ce qu'on appelle amour peut durer.

Des années après, Moravia m'a questionnée à propos du soir où avions failli nous perdre à jamais. Pourquoi diable avais-je exigé qu'il fiche le camp alors qu'il voulait m'emmener chez des amis à Forte dei Marmi, sur la côte toscane, et qu'il cherchait comment me le demander le plus délicatement possible, car il voyait bien que j'étais irritée, que je prenais tout de travers ?

Médusée, je l'ai dévisagé comme on contemple un miracle ou un accident. Puis, du plus profond de moi, un rire a jailli, une démangeaison presque agréable qui a débordé, fusé si fort que le pauvre homme a pris peur. Ce n'était pas la première fois qu'il pensait que je suis folle à lier. Je venais de réaliser qu'il était déjà sourd à cette époque, et qu'il avait mal entendu, au sens premier du mot, mon inutile aveu. À cause de cela, notre vie entière a failli se passer autrement. *Stammi lontano*, va-t'en, au lieu de *Ti amo*.

(Mais peut-être mes yeux lui disaient-ils le contraire, peut-être l'effroi de me rendre transparaissait-il dans mon regard ?...)

Quelqu'un m'a raconté que, dans notre cercle, on riait d'une anecdote à propos de notre couple. Un jour, au cinéma, Moravia m'avait demandé à voix haute ce que le personnage venait de dire – il était de plus en plus sourd –, et moi, depuis toujours myope, j'avais répondu : Qui ça ?

Malaparte

Les années trente virent éclore, tout près du nôtre, l'amour de l'écrivain Curzio Malaparte, intime de Moravia, avec la jeune veuve Virginia Agnelli. À Forte dei Marmi, entre l'opulent palais de mer des Agnelli et la villa Hildebrand, cabane chic'issime de Malaparte qui revenait d'une période d'exil politique, allait naître l'histoire qui ferait jaser l'Italie entière et éroderait la tour d'ivoire du prince noir de l'Italie, le vieux Giovanni Agnelli, patron de Fiat.

Moi qui n'ai jamais tout à fait compris mes propres amours, je ne me fierais pas à essayer de décrypter celles des autres. Mais il fallait une petite tête romanesque comme celle de Virginia Agnelli pour tomber amoureuse d'un homme absorbé dans un égoïsme si éclatant qu'il ne pouvait voir le monde que « comme moi » ou « pas comme moi ». Voici ce que Malaparte écrit dans *Femme comme moi*, le roman où il raconte son histoire : *Depuis le premier jour, lorsque tu as tourné vers moi ta noire tête de cheval et que ton regard a rencontré le mien pour la première fois (ta longue crinière ondoyait doucement sur tes blanches épaules) tu as senti ce qu'il y avait de secret, de mystérieux, dans ma nature. Tu as compris que je ne suis pas qu'un homme, mais aussi une femme, un chien, une pierre, un arbre, un fleuve. Ce temps passé dans ma maison sur le rivage était un âge que nous seuls connaissions, un âge où le destin était le gangster perpétrant un hold-up. J'étais revenu de Lipari depuis peu. Les arbres autour de nous étaient chargés de fruits semblables à des têtes de chien et d'enfant. Et je vis resplendir dans ton grand œil équin tes premières larmes heureuses (tes premiers pleurs de femme).*

(J'aurais ajouté quelques virgules, mais c'est plus une question de vision que de style : Malaparte se fiche royalement de savoir qui est l'autre, car le monde tourne autour de lui, et finalement, la seule chose réelle c'est Sa Propre Petite Personne.)

Virginia Agnelli était la fille du prince Bourbon del Monte Santa Maria et de l'Américaine Jane Allen Campbell. Princess Jane ressemblait à une femme de son temps. On pouvait la voir circuler avec sa coiffe victorienne et ses vêtements surannés, mais sous ses oripeaux elle était vive, libre et anticonformiste. Virginia tenait de sa mère. Elle n'avait qu'une vingtaine d'années lorsqu'elle épousa Edoardo Agnelli, appelé à succéder à son père Giovanni à la tête de la Fiat. Edoardo trompa allègrement Virginia, lui faisant tout de même sept petits Agnelli coup sur coup, puis décéda, à quarante ans à peine, dans un étrange accident d'hydravion : après un dimanche à la plage en compagnie de sa jeune femme et de ses adorables enfants, il partit de Forte dei Marmi le soir, à bord de l'hydravion Savoia-Marchetti S.80, pour rejoindre Genova. Aux commandes se trouvait Arturo Ferrarin, grand pilote et héros de guerre. Arrivé à destination, l'hydravion amarra sans problème au rivage ligure. On vint à leur rencontre sur l'eau. En sortant la tête de l'habitacle, Edoardo eut le crâne fracassé par l'hélice. Une seconde d'inattention et la mer se teinta de rouge. Est-ce que l'avion heurta un tronc, comme on le dit par la suite ? Ou y avait-il des raisons de faire disparaître le jeune rejeton de l'empire Fiat ? Dieu, que d'encre aura coulé sur la mort d'un homme dont le destin était d'être l'un des souverains d'Italie. Pacte faustien ou fatalité, les Agnelli ont régulièrement rendez-vous avec la tragédie.

Le chantage sur la vie affective de Virginia se referma dès ce dimanche soir. Elle avait beau être la mère des enfants-rois, elle était aussi à la charge du terrible grand-père Giovanni, qui venait par ailleurs d'obtenir l'autorité parentale sur les cinq enfants de son autre fille, morte en couches.

Princess Jane, elle-même aux abois, ne put venir en aide à Virginia. Obligée de vendre son splendide palais romain, elle avait déménagé avec seulement trois domestiques dans sa nouvelle résidence. Une déchéance. On dit qu'elle légua tout de même un tableau de valeur à sa fille mais, Caravage ou Rembrandt, ce n'était pas suffisant pour que Virginia puisse s'opposer à la toute-puissance de son beau-père.

Princess Jane gardait cependant un chien de sa chienne au vieux Giovanni. Très vite après la mort d'Edoardo, elle présenta Malaparte à sa fille. Ce n'était pas la première fois que l'écrivain et Virginia se rencontraient, car Malaparte avait été directeur de la *Stampa*, quotidien appartenant aux Agnelli dont il avait été cavalièrement mis à pied, ce dont il avait promis de se venger.

Vendetta et tragédie, romance et vents contraires. Beau terreau pour une passion. Je crois que malgré l'égoïsme de l'un et la vaporeuse sentimentalité de l'autre, ce fut un réel, beau et grand amour, que celui entre Curzio Malaparte et Virginia Agnelli.

Elle était inculte et sublime, drôle et charmante, cœur de colibri, ailes de papillon. Lui était un paon.
Elle se baladait nue dans son Palais de Mer, devant les enfants et les domestiques. Grande rousse très mince aux boucles jusqu'aux fesses, c'était un animal sans pudeur car sans honte – j'en sais quelque chose, moi qui n'ai jamais aimé que cela, jeune. La nudité est un état naturel lorsque votre propre peau est le plus beau vêtement.

Lui se rasait les aisselles et l'aine, mettait des steaks crus sur ses joues pour en garder la fraîcheur, se pommadait les cheveux, qu'il avait aussi bleutés et abondants qu'un plumage de corbeau – cliché adopté par les journaux de l'époque – et peut-être même se fardait-il les yeux et les joues. Malgré cette attirance toute féminine pour la beauté, c'était un tombeur. Il avait suscité moult passions qu'il gérait avec un cœur de comptable, car il ne s'adonnait aux plaisirs de la chair qu'une fois par semaine, réglé en cela tel une nonne face à ses devoirs spirituels.

Malaparte avait été « fasciste de gauche », disait-il, puis anti-fasciste, l'un de ces hommes si épris d'idéaux qu'il ne supporta jamais qu'on les instrumentalise. Il avait été amoureux, comme tous les artistes futuristes, de la vitesse, du courage physique, des grandes entreprises, de la modernité représentée par un certain renouveau fasciste, ou peut-être, simplement, de cette jeunesse que nous croyons être la nôtre à jamais.

Malaparte et Virginia devaient se marier à la fin de l'été 1936. Le mariage vola en éclats à cause du vieil Agnelli, qui fit menacer les amants par l'OVRA, police de l'État à son service. Car il était aussi puissant que Mussolini lui-même, ce Giovanni Agnelli éminence grise du fascisme, prêt à tout et surtout au pire envers les amants. Il haïssait Malaparte qui avait osé le défier, il avait horreur de cette femme qui mettait ses sentiments avant son devoir de génitrice. Après s'être battue, alternant ruse et soumission feinte, à bout de forces, Virginia se rendit. Le jeune Gianni, son fils aîné, pesa de tout son poids dans le dénouement de l'affaire. Gianni était mordu de sa mère, jaloux de Malaparte. Virginia fut la femme de sa vie, malgré ses nombreuses et sublimes conquêtes – Pamela Churchill, Jacqueline Kennedy, Anita Ekberg, entre autres. Malgré l'épouse de toute une vie aussi, un Modigliani vivant, le cygne Marella.

Lorsque le jeune Gianni pria son grand-père de leur permettre, à lui et à ses frères et sœurs, de continuer à vivre avec leur mère, le grand-père qui l'idolâtrait céda. Il avait déjà gagné, les deux amants étaient séparés, et le jeune Gianni avait réussi ce qui, en italien, s'appelle attraper deux pigeons avec une fève.

Par la suite, le jeune homme prit les rênes de la Fiat et perdit le sourire d'angelot de son enfance. Ses lèvres sensuelles se déformèrent en un pli dédaigneux, son regard se figea en une impassibilité de reptile. Sa peau sécha, son visage se momifia dans un rictus raviné. Au point que, lorsque quelqu'un d'assez intrépide s'approchait de lui, on lui murmurait : N'y va pas. Tu vas attraper des rides.

Je connus les arcanes de l'amour entre Malaparte et Virginia Agnelli de la bouche même de celui qui les avait vécues, car plus tard je devins l'hôte assidue de la villa *Come Me* à Capri. La maison s'élevait *dans la partie la plus sauvage, la plus solitaire, la plus dramatique, dans cette partie tournée vers l'orient et le midi où, féroce, l'île n'est même plus humaine, là où la nature s'exprime avec une force incomparable et cruelle, sur un promontoire d'une extraordinaire pureté de lignes défiant la mer comme une griffe de roche. Aucun autre lieu en Italie n'a cette ampleur d'horizon, une telle profondeur de sentiments. C'est certainement un lieu qui ne peut convenir qu'à des hommes forts, à des esprits libres.*

Bruce Chatwin en parlait comme d'« un bateau homérique en cale sèche ». Telle quelle, la villa rouge brave encore le temps et les mers, les modes et les cabales, et survit à tout : *Les murs, les volets, les marches, je voudrais qu'elles soient ce que j'ai de meilleur, les lignes de mon visage et de mon esprit, éléments fondamentaux de l'architecture autant que de l'histoire de ma vie. Je voudrais que cet endroit me ressemble, et que chacun sente, en y habitant, être en moi, à l'intérieur de moi. Mon portrait de pierre.*

Les énormes fenêtres du salon encadrées de bois de noyer donnent sur les Faraglioni et le rocher du Monacone, le grand moine ; l'hiver, on ne voit que la tempête, les oiseaux aux vols fous brodent le ciel en criant, la pluie crible d'éclats givrés les vitres, et, dans les vapeurs blanches, la mer en flocons d'écume atteint parfois le premier étage. Le sol de la pièce en *pietra serena* aux bords irréguliers glace le sang rien qu'à le regarder. Derrière la cheminée transparente, il n'y a que l'air en tumulte.

Je n'aimais pas dormir à la villa *Come Me* – Moravia et Malaparte, malgré leurs différends, y passaient des heures à refaire le monde. Ces deux-là s'admiraient et se méfiaient l'un de l'autre, s'adoraient et se faisaient des misères, vieux couple mal assorti qui ne peut se passer du conjoint. Ils se montraient réciproquement de l'estime, puis se dénigraient. *Je me souviens d'une interview donnée en France par Moravia, quelques années plus tard, qui me fit bien rire. Mon mari y disait : Malaparte n'était pas spirituel, seulement brillant. Un beau parleur, comme Bernard-Henri Lévy. Ce n'était pas un écrivain, pas plus que Sollers, qui n'a rien d'un écrivain. Tout au plus un homme de lettres.*

Trois pour le prix d'un.

Le fascisme exacerbé de Malaparte avait été incompréhensible pour Moravia, qui était précautionneux comme une vieille fille. La diplomatie pleine d'ombres de mon mari suscitait les remarques les plus sarcastiques de Malaparte, qui y voyait une forme de mollesse. Je trouvais leurs diatribes aussi intéressantes qu'une compétition de longueur de membres virils. Une compétition que Malaparte aurait gagnée haut la main, d'ailleurs. C'était encore une de ses légendes. Fondée sur la vérité, pour une fois.

Moi, leurs conversations, je m'en fichais. Ivre de froid, j'errais dans les salles pleines d'échos, une couverture enroulée autour de moi. Je finissais dans la chambre de la Favorita où, s'il y avait de l'eau chaude, je m'immergeais dans la baignoire en albâtre gris. Je restais là à fumer et à boire. Les deux hommes ne s'apercevaient même pas de mon absence. Parfois, je m'y endormais.

Virginia Agnelli est morte dans un accident de la route, à la sortie de la guerre. Et comme si Giovanni Agnelli n'avait attendu que cela, il s'est éteint quelques mois plus tard. Ils reposent tous les deux dans la tombe de famille à Villar Perosa. Une tombe qui est le monument de l'autre histoire, plus obscure encore que l'officielle, de l'Italie.

Dans les entrelacs d'une vie, il y a des rencontres qui rejaillissent de manière surprenante. Longtemps après la fin de l'histoire entre Malaparte et Virginia Agnelli, je fis la connaissance de l'une des filles de Virginia, Susanna, que l'on appelait Suni. Les amours de Suni croisèrent et recroisèrent ma propre biographie. Son premier fiancé, le prince dandy Raimondo Lanza di Trabia, était un ami de Moravia. C'était aussi un proche de Errol Flynn, même allure de sportif assoiffé, même moustache conquérante. Drôle de type, qui flirtait avec le pouvoir et le danger – intime du comte Ciano, le gendre de Mussolini, il couchait avec son épouse, la fille du Duce. Suni Agnelli en voyait de toutes les couleurs avec ce casse-cou de Lanza, mais elle l'avait dans la peau. Elle lui pardonnait ses infidélités, ses crapuleries de gentleman fripouille, son ironie sanglante, son nombrilisme exacerbé. Suni avait raconté à Moravia qu'elle l'avait attendu toute une soirée et toute une nuit pour leur gala de fiançailles. Lanza était arrivé au petit matin, les cheveux humides de sa douche et l'haleine parfumée au whisky. Lorsqu'elle lui avait reproché de l'avoir fait attendre vingt-quatre heures durant sans donner signe de vie, la laissant toute seule avec les invités, il lui avait répondu : Mais enfin darling ! Tu ne croyais quand même pas que j'aurais été à l'heure, non ?

(Un aparté. Lanza di Trabia est mort en tombant par la fenêtre de sa chambre d'hôtel, une nuit de novembre de 1954. Pas d'autopsie, pas d'enquête. Son immense fortune a été avalée dans une série d'affaires visiblement orchestrées par la mafia sicilienne. Lanza di Trabia a probablement été assassiné pour les mêmes raisons que, plus tard, Enrico Mattei. Cette nuit de novembre 1954, les deux hommes dormaient dans le même hôtel. Quel hasard, n'est-ce pas ? Mattei était le patron du comptoir pétrolier italien. Un grand patron, un homme qui avait mis, malheureusement pour lui, les intérêts de l'Italie devant ceux du cartel des Sept Sœurs, les compagnies pétrolières qui se partageaient les ressources énergétiques mondiales. Il y a quelque chose que j'ai appris au contact de Pasolini. Le hasard en Italie n'existe pas. L'histoire que Pasolini a racontée dans son dernier roman, avant d'être lui-même assassiné, s'appelle *Pétrole*. Mon ami m'avait parlé des réseaux, des accointances, des complicités entre politique et

Cosa Nostra. Je n'avais pas voulu le croire. C'est drôle, quand même, cette capacité que nous avons, tous, de tenir la réalité à distance, de rester au chaud dans notre lit de fumier – *le message officiel*, ces mensonges que l'on nous raconte pour que l'on reste tranquilles. Enfermés dans nos cocons d'égoïsme, de petites joies et de petits chagrins, de petit confort au jour le jour. Je ne jette pas la pierre. Le déni de réalité, je l'ai longtemps pratiqué. La vérité fait peur. La vérité peut tuer.)

Dans les entrelacs d'une vie, disais-je, les rencontres rejaillissent tout du long. Susanna Agnelli influença le cours de ma propre existence, car lorsque j'achevai mon roman *La Storia*, en 1974, tous les éditeurs faisaient la queue devant ma porte pour en acheter les droits. Je voulais quant à moi une édition bon marché qui puisse toucher un maximum de lecteurs. Je pensais que seul Mondadori avait la possibilité d'un tel lancement, car j'avais écrit *La Storia* de manière très simple afin qu'elle puisse être lue et achetée par tous ceux qui n'avaient pas forcément accès à la littérature. Cesare Garboli, un complice en littérature, l'un de ces hommes beaux et sensibles que j'ai eu la chance de croiser sur mon chemin, collaborait avec Mondadori. Tout naturellement, il leur proposa mon roman. Et se fit jeter comme un malpropre. Car Garboli vivait alors une passion avec Susanna Agnelli, qu'il avait aidée à écrire des *Mémoires* mettant sur la place publique la vie intime des Agnelli. La Sacrée Famille en fut, dirons-nous, offusquée, et Garboli devint *persona non grata* chez Mondadori. Était-ce à cause de Gianni Agnelli, frère de Suni et successeur au trône Fiat, jaloux de son intimité, qui pesa de tout son poids pour faire payer Garboli ? Y eut-il d'autres messes basses que j'ai ignorées ? Je partis chez Einaudi avec mon roman. Et tant pis pour Mondadori, car *La Storia* fut un succès, huit cent mille exemplaires vendus en quelques mois.

Il reste des amours pétillantes entre Garboli et Suni ce petit livre magique, *Vestivamo alla marinara*, Habillés en marinière. Le réalisateur Mauro Bolognini en acheta les droits audiovisuels, mais là encore les Agnelli firent front, les rachetant à prix d'or pour que personne ne puisse en tirer un film.

Le livre est un bijou resté, malheureusement, sans suite, car cet idiot de Garboli n'a jamais voulu – jamais pu – écrire un roman sous son nom.

Pourtant, il était brillant, Garboli. Il a publié des essais d'une rare finesse. Mais de roman, guère. Le roman, ça fait peur. On ne s'en tire pas avec la simple intelligence, il faut accepter de se laisser tomber dans le vide et croire que les anges vont vous apprendre à voler pendant la chute.

Une autre anecdote amusante me revient à propos des curieux méandres de l'existence : Virginia Agnelli fut brièvement emprisonnée par le régime fasciste dans un couvent-prison, en 1943. Elle y croisa probablement Luchino Visconti, qui y passa quelque temps début 1944. S'ennuyant ferme, ils avaient le temps d'être curieux l'un de l'autre. Discutèrent-ils ? Et si oui, que pouvaient se raconter cette princesse foutraque et cet aristocrate communiste plus snob qu'un pot de chambre ? J'imagine Visconti, aimable et cynique : Donna Virginia, vous qui connaissez bien Malaparte... c'est une sorte de fasciste de gauche, non ? Et elle à Visconti : Dites-moi, comte, vous aimiez beaucoup votre mère... une mère mussolinienne... et vous, vous êtes communiste si je ne me trompe...

Je n'ai jamais demandé à Visconti si cela était arrivé. Je ne lui ai pas demandé tant de choses, et maintenant je ne sais plus.

Un geai se pose tout près. Ce bleu, au bout des ailes ! Je ne bouge pas. L'oiseau penche la tête, passe son bec sur ses plumes. Crissements doux, répétés. Il me fixe de ses yeux cerclés. Tranquille cruauté de la nature pour laquelle rien n'est bon ni mauvais, la souris prise au piège de serres indifférentes et donnée à manger, vivante, à des becs avides, ou celle de ma chienne qui, ventre à l'air, cuit au soleil de ces jours de printemps après avoir boulotté un de ces mêmes petits oiseaux tombés du nid.

Le geai s'envole. Je caresse le museau chinois de Neve. J'aurais autant pleuré pour les animaux que pour les hommes. Mes histoires sont passées, mes livres écrits, ne dure que cette vieillesse dans laquelle je ne me reconnais pas. Avec mes châles pelucheux, mes torchons sur la tête, je finis par ressembler à Marguerite Yourcenar.

But I loved you, damned!
Malaparte avait fait graver ces mots sur un bracelet d'or qu'il portait au poignet. C'était le dernier message de l'une de ses fiancées, une jeune actrice américaine, avant de se suicider. *En même temps, à distance de quelques jours, Cesare Pavese se tuait à cause d'une actrice américaine.* Il n'y a pas que la vérité qui soit dangereuse. L'amour aussi.

Quant à Malaparte, il est mort jeune encore, en 1956... non, 57. Gueule cassée de la Grande Guerre, pendant laquelle il avait respiré du gaz moutarde, il a été emporté par un cancer du poumon.

Que reste-t-il de lui ? *Soldats, cadavres, chiens, tournesols, chevaux et nuages.* Le giron le plus malheureux de la *Divine Comédie*, c'est celui où les couards, *ceux qui jamais ne furent vivants*, marigotent nus dans l'antichambre de l'enfer. Dante les fait se tourner sans cesse sur eux-mêmes en pleurant des larmes bues par des vers dégoûtants.

Nous serons jugés selon notre appétit de vivre.

Malaparte, qui dégusta chaque miette de vie, fut rattrapé à la fin par tout ce qu'il avait fui. Je ne crois pas une seconde au mythe de sa conversion à la foi catholique – il était croyant, mais pas selon les canons communément admis, il suffit pour s'en rendre compte de lire *La Révolte des saints maudits* ou de regarder son unique film, le beau *Christ prohibé*. Et je ne crois pas non plus à son revirement communiste. Togliatti, le secrétaire du PCI, lui avait envoyé *in fine* par la poste une *tessera*, une carte du parti. Malaparte, agonisant mais coriace – il dictait tous les jours ses Mémoires de fin de vie –, l'avait remercié, et n'avait ni renvoyé ni accepté la carte en question.

Je connais bien les cafards qui rampent au chevet de votre lit de mort pour voler vos ultimes fidélités. Malaparte, après avoir changé de veste toute sa vie, s'est vu imposer à la fin l'étroite jaquette d'un catholicisme et d'un communisme moisis. Ça me fait bien rire, le conte du cureton – un jésuite, bien sûr – qui aurait recueilli ses derniers mots contrits tandis qu'il lui administrait l'extrême-onction. Ça me fait rire et ça m'exaspère autant que Togliatti évoquant le *compagno* Malaparte avec des trémolos dans la voix.

Ce n'est pas parce qu'on est vieux qu'on devient con. Elles reniflent votre odeur, ces mouches-là. Elles s'approchent, faméliques, pour voir à quoi vous pouvez encore leur être utile. Argent, maisons, bijoux ? Une petite signature en bas de page ? Je vous tiens la main. Pour peu que vous ayez encore une valeur marchande, on vous volera vos lettres, vos livres manuscrits, et jusqu'à vos cartes postales. Et, tout à la fin, votre dignité.

Qui viendra me détourner de mes fidélités ? Est-ce que j'en vaux la peine ? Pour qui, pour quoi ? Que peut-on tirer de cette méchante Elsa, qui grifferait encore celui qui tendrait sa main pour lui faire une caresse ?

Longtemps, la mort de Malaparte fut pour moi l'épave d'un bateau naufragé qui, du fond des océans, continue d'envoyer des signaux. Je voulais écrire un roman qui s'appellerait *Sans les conforts de la religion*. J'en ai rempli des cahiers, mais ces matériaux sont allés nourrir mes romans successifs.

J'écris depuis que j'existe. Avant de savoir écrire, j'écrivais déjà. J'étais écrivain dans le ventre de ma mère. Avant de naître, j'étais écrivain.

Un ange veille sur ma nuit
Dans les années quarante, l'éditeur Leo Longanesi me commanda une traduction italienne du *Scrapbook* de Katherine Mansfield. J'acceptai tout de suite, m'y attelant avec l'ardente patience que demande ce type de travail, car j'étais emportée par l'écriture de Mansfield : un souffle, ténu mais unique. Des notes au goût d'inachevé, comète brillant dans une nébuleuse littéraire.

J'avais eu une étrange impression, la première fois que je l'avais lue : j'aurais pu terminer ses phrases les yeux fermés. Une image en particulier m'avait éblouie à la fin de l'une de ses nouvelles : celle d'un poirier tout emplumé de fleurs blanches, longuement observé par la fenêtre une nuit de pleine lune. L'air ensommeillé qui murmure entre les branches noires, sans feuilles. Le jardin dépouillé et vivant, comme un corps frais couché dans un lit aux draps propres. Le sentiment de l'immanence : cela a été, et sera donc à jamais. Nostalgie d'une douceur que l'on pressent sans jamais l'avoir tout à fait connue : *Loin, bien loin, Au pays des ruisseaux de ma lointaine enfance / Les peupliers si droits fleurissent / Au bord d'un lac que je connus jadis. / Les champs où je courais ne savent plus mon nom. / Et sur ma couche solitaire / Je me retourne en vain / Le sommeil fuit mes yeux.* Cette *lointaine enfance* que chaque écrivain, même le plus rudimentaire, tisse et retisse sans cesse entre les lignes, pure nostalgie d'une tendresse d'ange. Cet état d'innocence qui n'a jamais existé a été la lymphe du travail de Mansfield.

Sa destinée m'a touchée là où je suis à nu : l'attente d'un enfant dont on sait déjà qu'il ne voudra pas de nous, et dont nous ne voudrons pas. Car, toutes les deux, nous avons préféré l'homme au fils. Nous avons hésité entre l'élan passionné, le besoin que quelqu'un nous entoure les pieds d'un châle rose, et l'âpre besoin de solitude. Sans jamais choisir, jusqu'à ce qu'il soit trop tard.

J'ai aimé parler avec sa voix, prendre ses mots anglais et les tourner dans ma langue, dix fois, cent fois, jusqu'à les rendre possibles :

L'Homme me prit dans ses bras et me porta sur le Lit Noir. Il était si brun, si fort. Il faisait sombre. Je me tapis contre lui comme un chat sauvage. Tout à fait objectivement, j'admirais mes bas argentés, retenus au-dessus du genou par des rubans, mes chaussures de daim jaune bordées de fourrure blanche. Que j'avais l'air vicieuse ! [...] Il m'arracha mes vêtements. J'écla-

tai de rire, je m'inclinai en avant, souple, gracieuse, je soufflai la bougie et demeurai debout, nue jusqu'à la ceinture, dans le clair de lune.

Je sais à quel point on paye ces instants jubilatoires par des mornes matinées où l'on a cent ans. Ces moments de gloire suivis par la mélancolie du noir abandon. Nous nous fions à l'éclat de nos attraits, convaincues que ce pouvoir nous fera reines. Mais les hommes sont oublieux, leur parole de la nuit est balayée par le babillage du jour, « *Ma belle, ma merveilleuse !* » *Il s'agenouilla devant moi, les bras passés autour de mon corps. Je le pressai contre moi, d'une secousse je fis dégringoler mes cheveux dans mon dos, et je ris à la lune.*

Rire triomphant d'une jeune beauté impavide. Puis nous restons là, avec nos futiles atours de princesse, jusqu'à la prochaine fois, et, un jour, des prochaines fois il n'y en a plus. Mais dans le corps, comme au plus secret, au plus vif et au plus profond du ruisseau, toujours vit l'autre corps, le joyeux, l'amoureux, l'ondoyant, l'avide. Nul enfant n'a pris les yeux de votre amant et votre bouche, sa tache de naissance en forme de fleur à l'épaule et l'arrondi de votre menton, ni l'épi de ses cheveux juste là, au milieu du front. Contradiction en actes. Étrange fierté du regret.

Katherine aimait les bas colorés qui s'arrêtent au genou. Rouges surtout.

Katherine a reçu un jour une lettre de Virginia Woolf qui disait : Il n'y a qu'un seul auteur que j'envie. Je voudrais être vous. Katherine, malade de tuberculose, lui avait répondu : Merci, je préférerais quant à moi être un crocodile, seul animal qui ne tousse pas.

Katherine a passé la fin de sa vie chez le mage Gurdjieff – le charlatan Gurdjieff. Un jour de janvier son mari lui a rendu visite. Pour lui montrer qu'elle était guérie, Katherine a monté un escalier en courant. À la dernière marche, elle s'est effondrée et a rendu le dernier soupir.

Katherine Mansfield fut l'une de mes vigies.

Via dell'Angelo
Une fillette abandonnée par ses parents est recueillie par un père jésuite qui la mène vivre dans un couvent auprès d'une mère supérieure tyrannique, d'une longue nonne somnolente et de la bonne sœur rondelette qui s'occupe de la cuisine. Ici, la fillette qui n'a que la promenade dans le cloître pour prendre l'air grandit, gracile et silencieuse, perdue dans des vêtements de moineau trop grands pour elle. Les antiques murs du couvent contigus à la prison longent la rue de l'Ange, où trône une gigantesque sculpture décapitée, noircie et tout abîmée. S'agit-il d'un archange de l'Annonciation ou d'une Victoire, proie de guerre tombée d'un bateau ? Les rumeurs, marmottées à voix basse par les grenouilles de bénitier, veulent qu'il s'agisse d'un vrai ange qui s'est rebellé, et pour cela a été maudit par Dieu qui l'a transformé en cette misérable figure de pierre.

La fillette sort rarement du couvent. Lorsque les sœurs lui demandent d'aller faire une course, elle s'empresse de rentrer, cœur battant, regard baissé sur ses godillots. Il lui semble que la statue la poursuit tout du long, qu'elle est juste derrière elle et va l'attraper. Elle entend ses pas lourds et ses râles : l'ombre va la cueillir d'un instant à l'autre et la dévorer. Mais les râles, les pas, ne sont rien d'autre que les bruits de son sang, les battements de son cœur. Arrivée à bon port, elle s'apaise. Jusqu'à la fois d'après.

Un jour, la mère supérieure la fait venir dans son écritoire, puis l'attrape par le cou comme un chaton et la corrige de ses phalanges jaunies, dures et sonores comme les grains d'un rosaire. Qu'a-t-elle fait ? Quel est son péché ? Elle ne le sait pas. Pour la punir, on l'enferme dans la chapelle sombre et humide où elle s'apprête à passer la journée, mais comme dans un rêve, déjà les Vêpres sonnent, et l'on vient la chercher car quelqu'un l'attend à la sacristie. C'est la première fois qu'elle a une visite. Curieuse, elle découvre le monsieur qui l'attend. Mais non, ce n'est pas un monsieur, c'est un jeune garçon mal vêtu aux grands yeux couleur d'hyacinthe et à la bouche pulpeuse. Mutin, il lui saisit la main et l'entraîne avec lui dans une fuite éperdue. Lorsqu'ils s'arrêtent un instant pour reprendre leur souffle, la fillette s'aperçoit que, malgré sa jeunesse, le garçon est pâle et fatigué, peut-être malade. « Oh mon fils », pense-t-elle prise de pitié, puis elle lui dit : « Veux-tu que l'on prenne le raccourci ? Tu es épuisé. » Soudain en colère, le jeune homme l'attrape par le bras et l'emporte, en volant presque, le long d'un chemin tortueux que lui seul connaît. Arrivés dans une petite maison plus que modeste, il l'emmène dans sa chambre et lui demande de se déshabiller, vite, car « ils doivent faire l'amour ». La fillette, fière de sa beauté toute neuve, ôte ses hardes tristes et son corps apparaît nu, blanc et radieux. C'est maintenant au tour du garçon de se déshabiller. Son corps clair, aux gentilles formes allongées, est exquis dans la calme lumière du soir. Mais quelle horreur ! Aux pieds, il porte des chaînes brisées, dont les anneaux entourent encore ses chevilles. Humilié, il pousse la fillette dans le lit. Auprès d'elle, il se calme. Les deux enfants s'échangent des doux baisers, puis le garçon s'endort. Avant de sombrer à son tour, la jeune fille attache sa tresse au poignet de son amant, pour qu'il ne la quitte pas.

D'où vient cette fillette reléguée dans un monastère où ne demeurent que trois bonnes sœurs et un jésuite ?
De quelles ténèbres est née la créature mi-ange mi-démon qui fait l'amour à la protagoniste tout juste pubère ?
Je connaissais bien ce bourg du Sud dans lequel mes personnages évoluaient. Il revenait dans mes rêves, brûlé de lave et tissé de cris d'hirondelles,

ressemblant au village de Stromboli dans le film de Rossellini que je ne verrai que vingt ans plus tard.

Mon héroïne s'appelle Antonia. Le Jésuite, c'est Pietro Tacchi Venturi, un mystérieux ami de ma mère qui sauverait des rafles une partie de ma famille, qui négocierait le concordat entre Mussolini et le Vatican, qui serait mon confesseur – et menacerait de me dénoncer lorsque je lui confesserais mon avortement – et enfin qui nous marierait, Moravia et moi, à l'église du Gesu', un lundi de l'Ange 1941.

Le jour de mon mariage,
j'avais une robe neuve et un vieux sac. Je le tenais serré contre moi pour qu'on n'en voie pas les taches, ce qui fait que tout le long de la cérémonie j'ai l'air de me méfier des voleurs. Comme Moravia était avare pour tout ce qui était sans valeur à ses yeux, il ne m'a pas passé la bague au doigt. Mais je tenais à la main un bouquet de muguet, clochettes du bonheur pour un mariage qui, heureux, ne le fut jamais.

Ce 14 avril, Giuseppe Capogrossi, l'ami peintre qui m'avait fait connaître mon mari, était l'un de nos témoins, et aussi, par l'un des étranges dessins de l'existence, le neveu du prêtre. Nous avions invité Leo Longanesi, l'éditeur, Mario Pannunzio, un grand journaliste avec lequel Moravia travaillait, Morra di Lavriano, intime de Carlo et Nello Rosselli, les cousins de Moravia assassinés par les cagoulards en 1937, et une poignée d'autres amis. La grande église à moitié vide résonnait d'échos.

Nous allâmes ensuite déjeuner chez les parents de Moravia. Ce fut une catastrophe.

Sa mère commença par m'examiner de la tête aux pieds. Courroucée, belle-maman ! Je me vis soudain à travers ses yeux, pauvresse en habits de fête. J'avais honte de mon sac, de mes chaussures, d'être en cheveux, et jusque de mes dents du bonheur. Je mis une main devant la bouche, comme prise en faute. Moravia ne sembla pas s'en apercevoir. Ses rapports avec sa mère étaient compliqués, il n'allait pas choisir ce jour-là pour les aggraver. Il fit donc comme si de rien n'était, mais sa neutralité affichée accrut cette sorte de rage que sa mère avait accumulée – et qu'elle dirigea tout naturellement contre moi. Au cours du déjeuner, elle me demanda quels étaient les plats que je préférais cuisiner. Je lui répondis que j'aimais bien manger, mais que je détestais faire la cuisine. Son fils était si fragile – me rétorqua-t-elle –, il avait longtemps été malade, il fallait prendre soin de lui. Elle me comprenait, bien sûr, mais même si c'est parfois ennuyeux, une femme se doit d'abord à son mari et à ses futurs enfants.

J'aurais pu rester bouche close, ça n'aurait rien changé à la manière dont j'entendais mener ma vie avec Moravia, mais la vipère en moi s'était dressée. Celle-là, je la connais, il n'y a pas moyen de la museler. Je lui répondis donc que si Moravia voulait une maison bien rangée et de bons repas, nous n'avions qu'à engager une bonne et une cuisinière.

J'ai cru qu'elle allait s'étrangler ! Comment osais-je ? J'aurais dû m'agenouiller devant cet homme qui me faisait l'aumône de m'épouser. J'aurais dû lécher les pieds de sa mère en implorant qu'on me consente d'en être digne. L'adorable sœur de Moravia, Adriana, fit son possible pour déminer le terrain. Quant à mon mari, tout penaud, il détourna le regard et la conversation. Ce fut le début de l'une de nos monumentales disputes, qui se poursuivit toute la soirée et la nuit de noces.

Moravia se tint toujours entre sa mère et moi pour que nous ne nous arrachions pas les yeux. Il fit preuve de courage. De pusillanimité aussi. Jamais il ne prit position. Mais je lui sus gré d'un cadeau beaucoup plus significatif : athée et juif, il m'avait épousée à l'église avec le rite catholique.

Quant à mes parents... je n'invitai personne. Je me sentais tour à tour furieuse, fautive et blâmable. Incapable de mettre la bonne distance entre ma mère et moi, je n'avais rien trouvé de mieux que couper les ponts. C'est moi qui parle de lâcheté ?

Amour conjugal

Nous partîmes en lune de miel avec les points cadeaux de notre *tessera annonaria*, carte d'alimentation. Nous quittâmes Naples en bateau par un matin nuageux. Sur la mer, des fantômes de brume s'attardaient sur les vagues d'un calme inquiétant. Nous arrivâmes à Capri vers une heure de l'après-midi. Les nuages se déchiraient sur un bleu éclatant de lumière, et sous ce ciel comme lavé, le petit port était désert. Nous grimpions, nos sacs de voyage sur les épaules, vers le haut de l'île, pestant de fatigue, car si nos vêtements ne pesaient pas grand-chose, les livres nous sciaient les bras ! Toujours personne en vue, comme si l'endroit avait été abandonné. Sur le chemin, nous croisâmes une trattoria aux volets fermés. Sur la terrasse, on avait dressé quatre troncs blanchis, comme du bois flotté ; une toile blanche voletait au-dessus de trois tables rustiques. Nous nous assîmes sur une chaise en paille pour nous reposer, trempés de sueur. Une jeune femme ouvrit alors la porte de la trattoria et nous considéra, curieuse. Elle était presque encore une enfant, habillée d'un court tablier sous lequel elle cachait ses mains. Des boucles noires, toutes folles, entouraient son visage et tombaient sur ses yeux rieurs, ces pupilles maures fendues et liquides qui sont l'apanage de beaucoup de Napolitains. Elle nous demanda si nous voulions boire quelque chose. Moravia leva un sourcil, nous répondîmes en chœur que nous crevions de soif. Elle nous apporta une carafe d'eau, deux gros verres et nous questionna. Nous venions d'où ? De Rome. Elle n'y avait jamais mis les pieds. À Naples non plus. Elle n'avait jamais quitté l'île. Et nous allions où ? À Anacapri. Avions-nous fait bon voyage ? Avions-nous envie de manger quelque chose ? À cette saison, il n'y avait pas grand monde, mais si nous avions faim... là encore, Moravia et moi répondîmes en même temps. Elle partit, revint avec une nappe blanche, deux serviettes, deux assiettes creuses et des couverts.

Une demi-heure après, des spaghettis aux palourdes fumaient devant nous. Puis des *polpettielli*, petits poulpes au citron et à l'huile d'olive. Et une salade de tomates. Et du fromage de chèvre. Nous n'eûmes pas le courage de repartir, après le déjeuner. Nous nous endormîmes couchés par terre, la tête sur nos sacs, entre un caroubier et un figuier.

Moravia et moi passâmes une longue saison douce à Anacapri, où nous nous ennuyâmes un peu et travaillâmes beaucoup. La vie y était moins chère qu'à Rome, et beaucoup plus lente. Dans la petite villa que nous louions, nous avions chacun notre chambre, mais pas d'électricité. Moravia m'avait laissé la plus grande, avec un balcon. L'air sentait les roses, la mer et la mandarine éclatée. Comme Moravia écrivait le matin, nous ne descendions nous baigner que dans l'après-midi, puis prenions un verre sur la place du village, ce vin presque salé d'Ischia fait avec le raisin que le sirocco sèche sur la vigne. Dans la partie de Capri que nous hantions, il n'y avait pas foule comme sur la Piazzetta, où toute une société – des aristocrates accompagnés de jolies femmes perchées sur leurs chaussures orthopédiques, en longue tunique blanche et fleurs dans les cheveux – prenait le frais le soir.

Nous mangions à la trattoria Caprile avec des amis, s'il y en avait, seuls la plupart du temps. Nous rentrions à notre villa dans les parfums des belles-de-nuit. Mon mari ouvrait le chemin, une lanterne à la main. Les grillons s'en donnaient à cœur joie, j'entendais les vagues s'écraser sur les rochers, tout en bas, et, dans le noir, je voyais luire les yeux des petites chouettes que j'avais domestiquées, et qui attendaient notre retour pour que je leur distribue les restes de notre dîner.

Aux côtés de Moravia, ma vie était plus douce qu'avant. Je n'avais pas à me demander « comment coudre le déjeuner avec le dîner », je pouvais écrire sans me poser d'autres questions que celles liées à mes thèmes, à mes personnages, au type de narration. Je lisais, je faisais la sieste, je rêvassais. J'avais commandé à un cordonnier du village de robustes sandales en cuir, je me promenais sur les chemins de l'île même les jours de tempête, rares et d'autant plus enthousiasmants, mes pieds maigres et bronzés foulant les immortelles dont le parfum de curry et réglisse explosait dans mes narines. Je respirais, me reposais, je me sentais jolie et presque aimée.

Puis la guerre nous rattrapa. Moravia et moi déguerpîmes. Juifs ou à moitié, cela n'avait plus d'importance, dans le bain de sang qui inonda notre monde et en changea les confins à jamais.

En 1941, Elsa Morante publie chez Garzanti un recueil de nouvelles, Le Jeu secret, *suivi l'année d'après, chez Einaudi, par* Cateri' dalla Trecciolina, *un conte pour enfants qu'elle a écrit et dessiné au temps du lycée. En septembre 1943, Rome est occupée par les Allemands. Commence la chasse aux Juifs, qui culmine avec la rafle du ghetto le 16 octobre suivant, au cours de laquelle 1 259 personnes sont chargées dans des camions militaires, puis déportées à Auschwitz. Seuls quinze hommes et une femme reviendront à la fin du conflit.*

Avec Moravia, Elsa s'échappe pour rejoindre l'Italie du Sud, après que Tacchi Venturi, son confesseur filofasciste, eut refusé de les cacher dans les souterrains de l'église du Gesu'. Le couple prend un train pour Naples, mais la présence militaire allemande les oblige à descendre près de Formia, où ils sont accueillis d'abord par la famille du juge Mosillo, puis par les Marrocco, qui les cachent jusqu'à la fin de la guerre. Moravia vient d'empocher cinquante mille lires pour la vente des droits des Indifférents *au cinéma. Avec cet argent et quelques économies, le couple va survivre jusqu'après la guerre. En 1944, lorsqu'ils rentrent à Rome, ils vont habiter via Sgambati, dans un appartement de propriété de la famille Moravia, mais passent des longues périodes à Anacapri.*

En 1948, par le biais de Natalia Ginzburg, Elsa publie son premier roman, Mensonge et Sortilège, *avec lequel elle remporte le prestigieux Premio Viareggio. L'argent commence à affluer dans le ménage. En 1949, ils achètent un appartement qu'Elsa gardera sa vie durant, via dell'Oca, dans le quartier de Piazza del Popolo.*

La guerre
En 1943, nous nous enfuîmes, Moravia et moi, vers Naples. Je connaissais par cœur l'itinéraire de ce train, nous l'avions pris moult fois pour nous rendre dans le Sud. Nous voyagions légers, n'ayant pris que quelques vêtements d'été et, comme d'habitude, des livres. J'avais laissé *Mensonge et Sortilège* – le manuscrit en cours, qui s'appelait à l'époque *Vie de ma grand-mère* ou *La Maison des morts* – chez l'ami Bragaglia, comptant le retrouver bien vite. Je ne me rendais pas compte. Je somnolais quand, avant Formia, le train s'arrêta. Les Allemands étaient là. Tous les passagers descendirent du train, s'égaillant comme des passereaux. Où aller ? Revenir à Rome n'était pas possible, les routes étaient coupées. Moravia connaissait des amis d'amis non loin de là. Nous nous chargeâmes de nos maigres affaires et nous mîmes à leur recherche. La famille Mosillo se montra très accueillante, compte tenu des risques

qu'il y avait à abriter des Juifs : Moravia était dans une liste de déportation.

Ils nous hébergèrent. Je n'avais pris avec moi qu'une robe de crépon à fleurs, une blouse, une jupe et deux, trois tenues de plage, Moravia endossait un costume un peu étroit qui le faisait ressembler à un comptable assistant à un mariage. Il enrageait, se retrouvant avec seulement quelques tricots de corps et deux pantalons en coton, lui qui avait l'habitude de s'habiller chez Saraceni. Les jours passaient, mornes. Septembre brûlait la campagne tout autour. Il faisait une chaleur aveugle, le soleil tapait sur la rue déserte, tout le long de la journée on n'entendait que le chant de cigales, exaspérant. Moravia ne se lamentait jamais. Il passait ses journées à discuter de politique avec nos hôtes. Je gardais mes distances. Une sorte de timidité naturelle m'a toujours servi de protection, m'évitant de perdre du temps. Souvent, cette timidité a été perçue comme de la superbe, ce qui, joint à mes sautes de caractère et à mes antipathies instantanées, m'a fait une réputation de chameau. Dire de quelqu'un qu'il a mauvais caractère est le meilleur moyen pour qu'il s'y glisse pour de vrai. Plus tard, j'ai aussi testé tous les poisons, médicaments et autres drogues douces et dures, et cela n'a pas arrangé les choses. Une humeur de dogue, ça se travaille sur la longueur. En fin de compte, ma réputation, je l'ai bien gagnée, mais là, nous n'en étions qu'aux débuts, et, comme l'a dit mon mari : Morante était douce avec moi parce qu'elle avait besoin que je m'attache à elle. Après, c'était trop tard.

Nulle ombre nulle part, et rien à faire. Je me promenais. Pas trop loin, car les Allemands faisaient des rondes. Je me languissais d'Aloha, notre chien, cadeau de Virginia Agnelli, laissé à Rome chez des connaissances. Je ne savais pas qu'il serait lui aussi englouti par la guerre. Je ne le verrai plus que dans un roman que j'écrirais trente ans plus tard. Bella, l'une des protagonistes à part entière de *La Storia*, est la fabuleuse fille de l'Aloha d'alors.

L'été indien passa. Rester où nous étions devint dangereux. Il nous fallut repartir. Nous nous en allâmes en montagne un matin, si tôt que les étoiles brillaient encore dans un ciel d'automne clair comme du cristal fondu. À la queue leu leu derrière l'âne qui transportait quelques affaires, nous suivîmes notre ami et son guide. L'air sortait chaud de nos gorges et nos narines pour former des nuages de vapeur devant nos visages, puis se déposait en larmes glacées dans nos écharpes trempées de sueur. Je me sentais légère et vivante. Nous étions maigres comme des chats errants, et si jeunes que je ne peux nous regarder, de cette rive où je suis aujourd'hui, que comme des grands enfants. Nous traversâmes des bois d'orangers aux gros fruits verts suspendus comme des boules de Noël. Le parfum des écorces s'éveilla avec le premier rayon de soleil, et nous commençâmes à nous dévêtir. Bientôt, nous dûmes passer sur une mince passerelle au-dessus d'une cascade, Moravia en eut des vertiges. Je lui ordonnai de fermer les yeux et le pris par la main. Nous arrivâmes enfin dans une large clairière. Sous un marronnier se dressait une cabane en pierre et bois. Il n'y avait qu'une seule pièce, meublée d'une paillasse, d'une table brinquebalante et de deux chaises. L'âtre était noir de suie. L'hiver n'allait pas tarder, la porte disjointe de notre refuge ne fermait pas. Moravia me dévisagea. Je lui rendis son regard. Lui seul était inscrit dans la liste des personnes à déporter. Je ne crois pas que nous en parlions jamais.

Trois mois après, au plus profond de l'hiver, nous n'avions plus grand-chose à nous mettre sous la dent, et des quatre-vingt mille lires que Moravia avait dans son portefeuille ne restaient que quelques piécettes. Nous tremblions dans nos vêtements d'été. Je décidai de me rendre à Rome chercher des habits chauds, quelques sous et mon manuscrit. Si cela devait continuer, on crèverait peut-être de faim mais au moins je travaillerais. Je descendis en ville vêtue d'un *tabarro* de berger, large manteau en laine brute sans manches qui ne laisse à découvert que le visage, prenant avec moi le bâton que j'utilisais pour me promener. Je me souviens que dans le tram une vieille femme m'examina, puis vrilla l'index contre sa tempe pour indiquer à sa petite-fille que je devais être folle. Mais c'était normal d'être folle dans la folie qui nous entourait.

Les amis étaient partis. Je trouvai porte close. Et parmi ceux qui étaient restés, je découvris que certains n'étaient pas nos amis du tout. Je me souviens avoir frappé chez une grande dame romaine qui, en temps de paix, disait adorer Moravia. Son majordome me fit attendre deux heures dans l'antichambre du palais, mais je ne fus pas reçue.

J'accomplis ma mission et remplis un havresac avec nos vêtements d'hiver, tellement lourd que je peinais à le porter. De gentils garçons m'aidèrent. C'était des soldats allemands. Je repris la route des montagnes et nous eûmes enfin chaud. Et nous recommençâmes à écrire tous les deux.

Le matin au réveil, je me jetais une casserole d'eau glacée sur la tête et faisais ma toilette. Moravia, lui, ne se lavait qu'une fois par semaine, et cela lui semblait déjà trop. Nous faisions l'amour toutes les nuits. La paillasse remplie de feuilles de maïs craquait sous nos corps. Nous nous murmurions les mots les plus vrais. Nous étions, comme nous l'avait dit le prêtre dans l'église, une seule chair.

Nous brûlions au fur et à mesure notre bibliothèque pour allumer notre maigre feu. Les livres qui avaient les pages les moins rugueuses, nous les utilisions aux cabinets. Au bout d'un moment, nous n'avions plus le choix qu'entre *Les Frères Karamazov* et la Bible. La légende dit que nous choisîmes Dostoïevski.

Nous traversâmes la mauvaise saison en mangeant des caroubes, des haricots et un peu de pain quand il y en avait, puis le mois de mai et les Anglais arrivèrent ; nous pûmes descendre des montagnes. J'y laissais deux chers amis, le chat noir Filippo, que j'aimais tendrement et qui me chauffait les pieds, la nuit, et l'enfant Raniero, un petit berger qui venait nous jouer de la flûte quand il faisait paître ses chèvres dans nos parages. Je ne les ai jamais revus.

Nous nous arrêtâmes à Naples. Il faut avoir lu *La Peau* de Malaparte pour comprendre ce qu'était alors la ville. Des enfants prostitués par des sorcières en haillons, des Nègres offrant des chewing-gums aux jeunes filles qui couchaient pour un paquet de cigarettes et une paire de bas – nous n'en avions pas beaucoup vu, des Noirs, jusque-là, et il nous semblait que soudain le monde en était rempli. La ville était en ruines, la misère et la saleté régnaient, seule la mer gardait sa beauté intemporelle, léchant les rivages de Naples – et lâchant quotidiennement sur la plage son compte de cadavres, victimes de règlements de comptes et de *vendettas* en plein jour.

Nous nous échappâmes aussi vite que possible et fûmes accueillis à la *Villa Tritone*, la splendide maison de Benedetto Croce construite à pic sur la mer, à Sorrento. Là, chez ce philosophe et homme de lettres, père constitutif de la République italienne, père tout court d'ailleurs, tant il était admiré par le pays tout entier, nous sortîmes de notre solitude et de nous-mêmes. L'assemblée était hétéroclite, les discussions, infinies. Croce n'était pas fasciste, pas franchement antifasciste non plus. Il hantait, comme tant d'intellectuels italiens, une zone de confort aux auvents sensibles aux courants. C'était un libéral autoritaire, impitoyable lorsqu'il lui fallait défendre son pouvoir. Révolutionnaire dans sa jeunesse, patriarche dans sa vieillesse.

J'aimais beaucoup l'une des filles de Croce, Lidia, que je retrouverais des années plus tard au cours de vacances à Ischia. Son second mari, l'écrivain Gustaw Herling, excellent théoricien des ténèbres, devint très proche. Comme moi, il connaissait le Mal. Comme moi, il était capable d'en dessiner les contours. Comme moi, il en fut contaminé.

Le Mal
En 1945, sous la poussée des alliés, les Allemands se sont retirés tout en haut de la botte. Lorsqu'un commando nazi libère Mussolini, le sortant du nid d'aigle de l'Aquila où il a été relégué par le roi félon, le Duce monte à regret dans l'avion qui l'emmène vers le nord. Il va rejoindre les débris de la République italienne sur les rivages du lac de Garde, ses derniers fidèles fous de rage et prêts à tout réunis autour de lui. La terrible bande à Kock, à laquelle ses atermoiements du temps de sa puissance ont permis de se structurer et de prospérer, y sévit, torturant et assassinant tous ceux qui ont le malheur de tomber dans ses rets. Homosexuels, journalistes, résistants, filles courageuses ou simplement malchanceuses, plus les prisonniers sont jeunes et beaux, plus les orgies sadiques de la bande sont réussies. Ces faits ont inspiré, plus tard, le film *Salò ou les 120 journées de Sodome*, de Pasolini. Un film que

je n'ai jamais réussi à voir sans en être physiquement malade, même si je crois que je n'ai compris que récemment ce que mon ami voulait dire dans sa dernière œuvre. La barbarie des Quatre Seigneurs qui violentent et mettent à mort les jeunes gens n'est pas seulement une métaphore. Elle est à prendre au pied de la lettre, aussi réelle que l'assassinat de mon ami Pier Paolo. C'est la dénonciation la plus visionnaire et la plus précise des rouages du Pouvoir.

Il est curieux de voir à quel point Hitler a été séduit par Mussolini, qui incarnait tout ce qu'il n'aurait jamais pu être : robuste, élégant — alors qu'il était bâché de capes militaires flottant sur son corps chétif —, à l'aise devant les foules qui l'adoraient.
Hitler était végétarien et aimait les chiens plus que les êtres humains. Mussolini appréciait la bonne chère et adorait les femmes, des belles actrices à la bouche en cœur vêtues par les bons couturiers. Le Duce était tendre avec ses enfants et respectait, à sa manière, son épouse. Il pratiquait les amours à la papa, alors qu'Hitler avait sur la conscience le suicide d'une très jeune maîtresse. Et Mussolini se méfiait d'Hitler. Il avait flairé sa folie. Il fallait voir comme il étudiait tous ses faits et gestes : ce type-là, Hitler, était tellement détraqué qu'il aurait pu, au cours d'un toast en public, sortir son revolver et le tuer sur place sans qu'un muscle de son visage ne bouge.

Ce dont Mussolini devait se rendre compte, c'est que le pouvoir avait changé de mains, et que l'inhumanité qu'il avait permise et encouragée serait le lot de sa propre fin. Poursuivi avec son amante jusqu'aux confins de la Suisse, il a été abattu de deux balles au détour d'un chemin, une fin arbitraire et pitoyable pour celui qui avait rêvé d'être le dirigeant d'une Italie incontournable parmi les grandes nations du monde. Le trésor de guerre qu'il a emporté – notamment les sacs d'alliances que les Italiennes lui ont données pour soutenir les efforts de guerre – ne lui sert à rien dans cette fuite. Le magot disparaît au lendemain de sa mort, et je pense que jamais nous ne reverrons un centime de cet énorme tas d'or qui nous appartenait.

Le cadavre du Duce et celui de sa maîtresse Claretta Petacci sont jetés tels des sacs de sable Piazzale Loreto, et comme dans l'histoire du lion et des ânes, la population qui l'avait acclamé peu de temps auparavant lui pisse dessus avant de suspendre son cadavre et celui de Claretta, jupe par-dessus tête, par les pieds.

Je retrouve ce que j'avais écrit dans mon journal : *Au cours de ses années de pouvoir, le Duce a commis des crimes qu'un peuple honnête et libre aurait dû lui faire payer par la mort, ou tout au moins par la honte, la condamnation et la privation d'une quelconque autorité (mais un peuple honnête et libre n'aurait jamais élu Mussolini). Or tous ses crimes furent non seulement tolérés, mais applaudis, et si un peuple tolère les crimes de son chef, il devient mandataire de ces crimes. C'est en partie par lâcheté, en partie par insensibilité morale, en partie aussi par ruse et par intérêt que cela a eu lieu. Mussolini était un homme médiocre, vulgaire, démagogue. Ailleurs qu'en Italie, il n'aurait été que le leader d'un petit parti, un personnage provincial un peu ridicule qui aurait offensé par son allure et son comportement la dignité du peuple. Ici, il fut le chef. Difficile de trouver un meilleur exemple d'Italien type, faible au fond mais admirateur de la force, vénal, corruptible, adulateur, catholique sans croire en Dieu, présomptueux, vaniteux. Bon père de famille couvert de maîtresses. Sceptique et sentimental. Ébloui par les Grands Mots : Histoire, Église, Famille, Peuple, Patrie, etc. Superficiel. De plus, il était de bonne foi, car s'entourant de sots, d'ineptes et de malhonnêtes, quand il en était trahi – puisque c'est dans la nature des malhonnêtes de trahir –, il était surpris, et se proclamait alors innocent de tout ce qui avait eu lieu en son nom.*

J'ai bien peur que cela ne nous arrive de nouveau. À l'heure à laquelle j'écris, l'état de la politique italienne est tel que cela ne m'étonnerait pas. L'Homme fort pour un peuple faible. L'éternelle histoire qui revient.

Tout devint calme, vide et paix

Moravia et moi étions loin quand la pendaison de Mussolini eut lieu. Malgré les événements, ce furent les derniers moments paisibles de notre vie à deux.

Nous retournâmes à Rome. Mon mari publia *Agostino*, l'un de ses livres les plus réussis. Mes nouvelles en revanche ne furent pas acceptées par les éditeurs auxquels je les envoyais. Mais j'avais toujours le manuscrit de mon roman.

Rien d'autre n'eut d'importance. Les hivers et les étés s'écoulèrent dans une fièvre de travail. Je m'accrochais à mes personnages, je m'y oubliais. Moravia sortait beaucoup. Il me trompait, je lui en voulais, il s'éloignait, je lui faisais des scènes devant tout le monde – nos amis apprirent à se faufiler entre nos disputes. J'étais triste, folle de rage, mon désir d'absolu s'étiolait sur son pragmatisme, sa froideur, ses logiques glacées. Je n'avais plus envie de rien, tout était gris, sans consistance hors l'écriture, seule passion qui me gardait en vie.

Rome était muette. Ses murs rouge délavés, les fontaines mortes. Je me souvenais d'y avoir été heureuse, je ne comprenais pas pourquoi je ne l'étais plus. Je me rappelais les hivers pétillants de froid et l'odeur du calicantus, et surtout comment tout — les coups, les larmes, la souffrance même — se muait sans cesse en lumière. Comment l'idée même du suicide n'était pas renonciation mais révolte, comment l'idée même de la mort invoquait la vie.

L'hiver 1948, j'ai envoyé *Mensonge et Sortilège* à Natalia Ginzburg, chez Einaudi. Conseillère éditoriale et écrivain elle-même, je l'avais brièvement rencontrée dans une soirée romaine au cours de laquelle nous avions échangé nos points de vue. Elle m'avait dit tout le bien qu'elle pensait de l'une de mes nouvelles.

J'ignore exactement pourquoi elle tomba amoureuse de *Mensonge et Sortilège*. Jamais elle n'a su me le dire, mais béni soit l'instinct des bons éditeurs. Ce roman, elle l'avait « senti » plus qu'elle ne l'avait « compris ».

Au printemps, je me rendis à Torino, siège de la maison d'édition, pour travailler aux épreuves. L'émotion me rendit malade. La Ginzburg fut très gentille avec moi : croyant que la fastidieuse besogne de correction ne me fatigue trop, elle me ménageait. Je lui répondis qu'au contraire c'était une joie : mon mal venait d'ailleurs, du *bacille des ruines*. Je plaisantais à moitié, je ne savais comment l'expliquer. Plus tard, lorsque les vétérans revinrent de la guerre du Viêt Nam, on parla de stress de combat. À la fin du conflit, c'était l'Italie tout entière qui en était atteinte, mais nous n'avions pas les mots pour le dire. Et puis, il nous semblait que le fait d'être encore en vie, dans cette dévastation, était le plus important. On se taisait par pudeur, par incapacité aussi à donner un nom à notre état. Il faut du temps pour assimiler la mort. Mon *bacille des ruines*, je le raconterai dans *La Storia* plus de vingt ans plus tard.

Une fois guérie, je passai quelques jours supplémentaires dans cette ville aimable et réservée, tout l'inverse de la *caciara* romaine. Le soir, je sortais dans les cafés du centre historique avec la Ginzburg, Calvino et Pavese. Nous discutions politique, société, art, et surtout, littérature. Calvino était un peu plus jeune que nous, il parlait peu, considérait Cesare Pavese comme un guide. Pavese, qui était dans le comité d'édition d'Einaudi, n'avait pas lu mon roman, mais il avait quand même donné un avis favorable à sa publication. Lui et moi n'étions d'accord sur rien, c'était comique à force. Mais les discussions étaient constructives, sans animosité. Simplement, nous n'avions aucun point de vue en commun.

J'observais avec curiosité cet esprit pour moi si étrange. L'homme, qui avait une certaine distinction, était d'une intelligence rare et d'une grande sensibilité. J'avais lu certaines de ses poésies, que je trouvais belles. Il possédait le génie des titres, sûrement. *La Lune et les Feux. Le Bel Été.* Pourtant, chez lui, tout m'échappait. La relation qu'il entretenait avec l'amour me semblait vouée d'avance à l'échec. Les femmes qui l'attiraient ne pouvaient l'aimer, parce que son propre regard sur lui-même faisait barrière. Si dans le miroir de leurs yeux il ne se trouvait pas séduisant, comment auraient-elles pu être séduites ?

Pavese s'est suicidé deux ans plus tard, l'été 1950, en avalant des somnifères, dans l'hôtel proche de celui où j'étais descendue. Son message – « Je pardonne à tout le monde et que tout le monde me pardonne, *va bene* ? Pas de ragots, s'il vous plaît » – me toucha plus que je ne saurais le dire. Constance Dowling, la jeune actrice qui l'avait quitté pour poursuivre sa carrière aux États-Unis, se suicida à son tour, de la même manière que lui, des années plus tard.

Qui a dit que le suicide est contagieux ?

Mensonge et Sortilège

Il y a, dans certains vieux daguerréotypes, des portraits de famille dont se dégage une étrange impression. Un malaise diffus, persistant, obsédant. La mère est assise avec un bébé dans les bras, le père à moustaches campe, debout, la main sur le fauteuil de sa femme. Devant, sur un coussin, un enfant en bas âge vêtu de dentelles joue avec un poupon. Les regards sont bizarres, comme en biais. La mère semble pétrifiée. Le père est frappé d'immobilité. Le fils aîné a les pupilles dilatées dans une sorte d'horreur vague. Et puis l'on s'aperçoit, on « sent » plutôt, que le bébé dans les bras de sa mère est mort. Ce bébé devient immédiatement le personnage principal de l'image.

Comme dans un Caravage, tout ce qui fait la lumière de *Mensonge et Sortilège* naît des ténèbres, sombres abîmes où l'on imagine, plus qu'on ne le voit, s'agiter des ombres plus vivantes que les vivants eux-mêmes.

Je ne sais plus qui, au début des années quarante, m'a parlé de ce qui était arrivé à une vieille dame aveugle dont le fils avait perdu la vie en guerre. Ses intimes, pour lui cacher le drame, lui lisaient des lettres en les faisant passer pour celles de son enfant mort. Est-ce qu'elle l'a cru ? Ou est-ce qu'elle a seulement fait semblant ? Voici que d'une certaine manière l'on me donnait les instruments pour parler de mon enfance.

On nous recommande, lorsqu'on perd un être cher, d'en faire le deuil. Mais c'est le deuil qui nous fait. Il ne s'agit pas d'un geste volontaire. Ce n'est que dans l'acceptation que l'on peut survivre. Je sais que tout ce qui a été beau le sera à jamais. Et tout ce qui était douleur était vie. Un ciel noir reste un ciel, et même sans étoiles, même pris dans la tempête, ça vaut la peine de tourner la tête vers le haut.

Est-ce fuir que créer sa propre réalité ? *Mensonge et Sortilège* est ma vraie histoire, celle des vertes profondeurs de ma nécropole familiale, mythe des Morante/Lo Monaco que je me suis raconté pour continuer à vivre.

Ma cadence, c'est le bruit des carrosses sur le pavé, les pas dans l'obscurité d'un escalier que le bougeoir rend fantasmagorique. Le décor est celui des châteaux moisis de Palermo, la ville de mon père. Longtemps j'ai caressé l'idée de lui dédicacer ce livre né de nos ombres communes : *À la mémoire de F. / Qui fut un misérable / Ce livre / Où notre pays natal / Qui me resta inconnu dans l'exil / Paraît non pas en sa vérité / Mais tel que j'en ai hérité / Dans cette enfance qui n'est plus la mienne / Devenue légende amère perdue pour moi en même temps / Que sa figure morte. / Amour et Mémoire / Seront les témoignages de notre absolu / Mon origine obscure / Sa pauvre fin.*

Mon père s'est donné la mort en 1943. Je ne l'ai su qu'après la fin de la guerre. *J'entendais parfois de mon bureau les ritournelles vulgaires d'un musicien des rues comme provenant du Purgatoire, et il me semblait que j'étais absente de moi-même, en compagnie de ceux de l'autre côté. Fables ou morts, n'est-ce pas la même chose ?* Ces couloirs dans lesquels je me mouvais en imagination, petite fille apeurée par la nuit qui rampait derrière elle et qui allait la happer, elle en était sûre, refusant pourtant d'accélérer son pas alourdi par la terreur, étaient nés de l'existence sur terre de mon père. Elisa, c'était moi, mais c'était peut-être aussi ma mère, ou la mère de ma mère. Et moi-même, morte et revenue, car à chaque naissance on recommence, tandis que la petite Elisa du roman reste là, à interroger le monde de cendres et des muets. Mécanique quantique du soi dans la physique de l'écrit.

Il faut trois générations de troubles familiaux pour engendrer une aliénation diagnostiquée. Elisa, la narratrice, patauge peut-être comme l'a dit Italo Calvino dans les marais de la folie, mais les messages des fous sont comme les prophéties des Sibylles, pour peu qu'on sache les interpréter. Dans la scène d'ouverture, sa mère Anna, qui a épousé le faux baron Francesco de Salvi par intérêt, sa grand-mère Cesira, maligne et sournoise, et elle-même, Elisa, vivent de l'argent du faux baron. Quotidien de banal désespoir. Derrière cette scène il y en a une autre, plus ancienne. Dès son enfance, Anna a été amoureuse du cousin Edoardo, riche et noble rejeton avec lequel elle a vécu une passion brève et malade. Edoardo a vite abandonné Anna, attiré par un autre amour, le fils du fermier de la famille, qui s'est imaginé une nouvelle vie et un nouveau nom : Francesco de Salvi. Mais de Salvi est amoureux de Rosaria la prostituée. Les couples se forment a contrario, la froide Anna fait l'amour au fougueux faux baron Francesco, Rosaria la prostituée couche avec Edoardo, sadique et tuberculeux, qui meurt au cours de sa fuite de sanatorium en sanatorium.

Anna commence alors à s'adresser à elle-même les lettres d'amour que son cousin Edoardo ne lui a jamais écrites, et les lis à Concetta, mère d'Edoardo, sa tante, à laquelle elle finit par devenir indispensable. Francesco, son mari, découvre un jour les fausses lettres. Fou de jalousie, il viole un soir Anna qui s'abandonne au plaisir, utilisant le corps de son mari comme s'il s'agissait du fantôme d'Edoardo. Un malaise cardiaque emporte Francesco. Anna, mensonges et sortilèges consommés, s'éteint aussi. Rosaria la prostituée recueille l'orpheline, avant de décéder à son tour. Restée seule, Elisa se racontera sa propre histoire à travers tous ces personnages d'arabesque.

Je voulais un roman populaire, un feuilleton à fortes teintes où l'on croise des orphelines, des princes, des putains au grand cœur, des palais en ruine, des velours verts et des photos déchirées. Des costumes somptueux, un langage précieux. Une épopée, une tragédie.

Le critique Georg Lukacs a dit que mon roman était prodigieux. Il s'est trompé. *Mensonge et Sortilège* n'est pas un roman. C'est un opéra.

Il pleut

Ce matin j'ai été réveillée par les plaintes des tourterelles dans l'air calme. Je suis restée sous mes couvertures sans bouger, à écouter la pluie qui tombait, régulière et douce, et les roucoulements mêlés à d'autres pépiements légers. Des mésanges, je crois. Les chats ont ouvert un œil. L'ont refermé. Neve, couchée au fond du lit, est venue lécher mes mains, comme tous les matins. Sa truffe était fraîche, humide. Ma chienne va bien. Moi... comment dire... cette faiblesse physique qui s'éternise n'est pas sans agrément. Il suffit de ralentir le rythme du cœur.

Descendre du lit. Passer dans la salle de bains en faisant attention où je mets les pieds. Mon café, opération délicate compte tenu de mes doigts gonflés, me prend du temps. Une orange pressée. Lenteur. Sortir sur la véranda la tasse à la main. Dire bonjour au jardin.

J'ai posé un vase sur le banc au fond du jardin, où les oiseaux viennent boire. Je veille à ce que l'eau y soit toujours claire. Les geais disputent aux pies les miettes de mon petit déjeuner, s'ébrouent dans les branches du mûrier et laissent tomber quelques plumes de taupe et d'azur. Bagarres dans l'arbre.

D'autres bagarres, mon cœur est plein. Quand j'ai rencontré Pasolini par le biais de Sandro Penna, en 1955, il n'était pas encore connu. Bagarre pour que Moravia le lise et le publie dans la revue *Nuovi Argomenti*. Bagarre ensuite avec Pier Paolo, tout le long de notre amitié. Bagarre enfin lorsqu'il venait partager le dîner chez Cesaretto ou chez Otello, où nous nous retrouvions la nuit. Peintres, écrivains, journalistes et metteurs en scène, nous tous nous mouvions autour de nos ateliers et appartements, près de la via Margutta, via del Babuino et de la Piazza del Popolo. Rouge et décrépit, criblé de bordels, misérable et sombre et lumineux comme un orage d'été, ce quartier était le cœur de notre Rome.

Souvent, ceux parmi nous qui n'avaient pas d'argent restaient debout des heures durant à discuter, sans rien boire ni manger, au café Rosati ou au Louxor, en face, si lugubre que nous l'avions surnommé La Morgue. Au bout de la nuit, un petit bonhomme arrivait à vélo pour vendre ses bouteilles de Campari à quelques lires. Pasolini donnait des cours d'italien aux enfants pauvres des faubourgs et crevait la dalle. Mais il resplendissait. C'était un vrai poète, et moi, qui ne jurais que par Rimbaud, je voyais en lui la jeunesse d'un génie. Il était aussi d'une sensualité débordante, toutes les nuits il partait en chasse sur le Lungotevere. C'est d'ailleurs comme ça que lui et Sandro Penna se sont connus, mais si Penna entamait des grandes histoires d'amour généralement malheureuses, Pasolini consommait allègrement, sans états d'âme. Il était communiste, mais restait libre dans ce diktat de l'après-guerre, où ses compagnons embrigadés suivaient les ordonnances du Parti. Lui, il sortait des rangs. D'abord par son homosexualité, qui devint de plus en plus un drapeau. Ensuite par sa liberté de parole, insupportable dans ce petit monde romain, petit-bourgeois jusqu'à l'os. On a dit qu'il était catholique, mais moi, je le voyais plus christique qu'attaché à cette religion qu'il respectait de la même manière qu'il respectait sa mère.

D'autres plumes pleuvent du mûrier, duvet turquoise. Je les ramasse pour en faire des marque-pages.

Mes anges me parlent comme ils peuvent.

Blancs chevaux qui m'emportent. Sauvages sauvages chevaux. Folle course de sauvages chevaux blancs. Je lance la balle à Neve qui me l'apporte en riant. Elle cabriole dans la menthe sauvage et quand elle revient, sautant sur le canapé où j'ai réussi à me hausser avec beaucoup de mal car mes os sont en cristal brûlant, elle apporte avec elle le parfum des herbes du jardin. Ses pattes boueuses laissent leur empreinte sur le plaid.

Dans le ciel, quelques nuages clairs voguent, lanternes magiques éclairées de l'intérieur. Comme les cailloux tombés de la poche du Petit Poucet, la mort de mes amis me montre la route. Lumière noire, incandescence, joie d'être avec eux jusqu'au bout.

Pasolini m'avait dit : Il faut que je te parle de quelque chose, Elsa. C'est trop tôt, maintenant, mais je le ferai. C'est un secret, l'un des plus grands secrets d'Italie.

Puis nous nous sommes fâchés. Puis il est mort. Et son secret, aussi clair que de l'eau de roche, a été enseveli avec lui.

Pasolini
Je mourrai comme un chat écrasé dans une ruelle obscure. Nous dînions un soir dans une trattoria du Testaccio quand il s'est levé d'un bond, comme il le faisait lorsqu'un rendez-vous mystérieux l'appelait quelque part, et, en guise d'au revoir, il a prononcé cette phrase, puis il a éclaté de rire, son rire fauve qui faisait lever la tête des gens et détournait leurs regards. La minute d'après, il n'était plus là. J'ai suivi des yeux sa silhouette de vieil adolescent qui s'enfonçait dans la nuit, et je me demande encore si ce n'est pas la dernière fois que je l'ai vu. On avait fait la paix depuis peu, une paix armée qui m'empêchait de l'aimer comme je voulais, mon maudit caractère, mes bouderies idiotes, et l'éternel quiproquo, nous nous brisions l'un sur l'autre, je n'étais pas sa mère et ne pouvais le consoler, il m'avait déçue et m'en voulait, où était l'amie au museau de siamois et aux colères fantastiques, où

le poète somptueux des *Cendres de Gramsci*, où notre complicité, accusations et reproches, malentendus et petites, banales horreurs quotidiennes. Son amoureux Ninetto l'avait quitté pour vivre avec une fille, une fille, voyez-vous, autant dire un poisson crevé, alors qu'il lui avait offert la lumière des étoiles, des films qu'il avait tournés comme des auréoles autour de sa tête bouclée de pâtre, d'enfant féroce et rieur. Je ne lui avais pas caché ce que je pensais, quand on aime quelqu'un, quand on l'aime vraiment, on veut son bien, on veut sa liberté, pour Pasolini c'était une trahison, la sienne et la mienne, et depuis il n'avait qu'une envie, obscure et profonde comme les ruelles où les chats se font écraser : rejoindre son frère.

12 février 1945, Malghe Topli Uork,
des gîtes en pierre que les paysans utilisent pour s'abriter et protéger leurs bêtes des rigueurs de l'hiver. Dans ces montagnes du Frioul, terre de frontière entre l'Italie et la Yougoslavie, la saison froide commence aux premiers frimas d'octobre, et la dernière neige fond en avril. Guido Pasolini est là-haut avec ses compagnons de la brigade Osoppo, la situation devient intenable, Mussolini s'est replié en Italie du Nord, zone contrôlée par la Wermacht. Au Frioul, l'action partisane est rendue plus compliquée par l'implication yougoslave dans le conflit. Les GAP, partisans liés au PCI, reçoivent des ordres du maréchal Tito, qui prétend annexer ce territoire de confins, mais, pour la brigade Osoppo, résistants frioulans catholiques et socialistes qui combattent pour et sous le drapeau italien, il ne saurait en être question. Malgré les différends politiques, les Osoppo sont des compagnons qui combattent pour

la même cause que les GAP : en finir avec le nazi-fascisme.

On a dit par la suite que l'action était motivée par des accords secrets passés entre Mussolini et la brigade Osoppo. On a dit qu'il fallait mettre la main sur une femme, prétendument une espionne allemande, protégée par les Frioulans. On a dit que les Anglais avaient joué un double rôle.
On a dit tant de choses. La réalité, c'est le massacre de dix-sept hommes qui attendaient la relève et qui ont été massacrés par leurs frères, partisans comme eux. Ce jour-là, les hommes du Gap ne sont pas au courant de ce qui va se passer. Y seraient-ils allés sinon ?
Il y a toujours un chef pour assumer l'obscénité d'un ordre abject. S'il s'agit d'exterminer la brigade Osoppo, le chef fera en sorte que pas un n'en réchappe.
Guido Pasolini est pris avec ses camarades. Il est en train de creuser sa fosse avant d'être exécuté à son tour, mais, profitant d'un instant d'inattention, bien qu'il soit grièvement blessé, il s'enfuit à travers ces bois qu'il connaît comme sa poche. Épuisé, il parvient dans une maison amie où on lui fait boire une grappa et du café au lait. On le soigne. Il se croit sauvé.
Mais dans les plus petits villages il y a des grandes oreilles. Un gappiste vient l'arrêter. Sous son escorte, Guido remonte dans la montagne, où on l'achève à coups de pioche.

Avec sa tête fracassée, humble trésor de notre famille, mon frère s'endort dans son sanglant sommeil, seul, couché dans les feuilles mortes et les foins chauds d'un bois de nos montagnes...
Pier Paolo, mon petit frère. Nous avons cru, toi et moi, que la poésie, entendue comme philosophie, peut secouer le monde au même titre qu'un tsunami, un cyclone, une apocalypse qui l'emporterait sur l'injustice et la folie des Grands. Quand je t'ai connu, tu venais de t'échapper de ton père, ta mère sous le bras tu étais parti de ton vert Frioul pour venir à Rome sans un sou, sans un toit, ton père tu le savais était furieux, il ne comprenait pas, il croyait qu'être poète, c'était célébrer le Pouvoir la Nation les Grands, sa rage fasciste s'était portée sur ta mère aux beaux idéaux et sur toi, le fils fier de sa différence, ses cris étaient l'exaspération de celui qui n'a d'autres moyens d'exister que forcer la vérité, quelle solitude chez cet homme que tu as haï, quelle infinie tristesse chez cet homme que tu as aimé.

Pier Paolo, mon ami. Tu t'es battu avec toute ton intensité contre le monde qui ne pouvait, ne voulait comprendre tes mots, mais la plus grande liberté a ses limites, cette posture que tu t'es cru obligé d'incarner est devenue une armure trop étroite, et ta poésie est partie dans le vent. Ta parole, parce qu'elle était sans détour, on l'a détournée à souhait. On lira demain tes *Écrits corsaires* comme des prophéties, et là encore ta pensée sera déformée, on fera de toi un personnage en oubliant ta personne, ton corps tout en nerfs tes yeux inquiets ta bouche avide et amère ton visage ravagé, et ton désir d'homme écorché sera encore et encore débité au marché de la corruption des idées.

Je me souviens des jours qui ont suivi ce 2 novembre où l'on a retrouvé ton cadavre torturé. Personne n'avait le courage de l'annoncer à ta mère. Comment lui dire que le seul enfant qui lui restait avait été assassiné comme l'autre, là-haut dans les montagnes ? Vous aviez alors pleuré elle et toi des heures durant, l'un dans les bras de l'autre, mêlant vos larmes jusqu'au moment où la nuit vous a anéantis. Tu me l'avais raconté. Maintenant, ta mère n'avait plus de mains pour caresser son visage.

Il n'y a pas de vieux morts. Il n'y a que leur jeunesse intemporelle. Leur mort intemporelle pour nous qui la faisons revivre sans cesse. Je sais ce que c'est. L'autre qu'on aime ne cesse de mourir dans nos cœurs qui se fendent un peu plus toutes les nuits. Tu as attendu, et puis tu l'as eue, ta mort éblouissante, la mort héroïque des âmes glorieuses, la mort atroce des cœurs doux. Elle t'a élu comme elle avait élu ton frère.

Où que tu sois, je veux que tu entendes ma voix ce soir, et dans cette voix, le murmure d'une amitié qui dépassa nos êtres pour se poser sur le monde, fraîche et douce et consolatrice. Une caresse, un espoir.

Pier Paolo et Guido Pasolini. Vos têtes, vos cœurs brisés sont les trésors de notre humanité.

Il pleut
Une rose s'effeuille dans un verre. Les pétales fanés s'ambrent, se poudrent, tombent. On a fauché l'herbe dans une prairie et l'odeur du foin qui sèche se mêle à celle du tilleul en fleur. Les abeilles bourdonnent, le trille des fauvettes s'élève haut. Cette nuit, le rossignol a chanté. Pendant une semaine, dix jours, il reviendra sous mes fenêtres toutes les nuits, jusqu'au moment où il trouvera une compagne. J'ai pris la vie trop au sérieux, j'aurais dû la traiter avec plus de légèreté pour atteindre la grâce.
Blancs chevaux sauvages qui font battre mon cœur.

Peur, comme des coups de poignard dans la nuit. Les chats Arturo et Caruso, énièmes de la lignée, ne bougent pas une oreille, à peine un regard venant du coussin où ils sont lovés. Neve comprend. Elle saute sur le lit, vient se lover contre moi, museau contre mon nez. J'ai si froid. Elle colle contre le mien son petit corps compact de chercheuse de balles. Je tremble, elle tremble aussi. Je la serre dans mes bras et m'endors, une heure, deux. Les rêves courent sur mon front. Un homme qui m'aime, nous sommes jeunes tous les deux, je fais ma précieuse comme quand je sais que je suis belle. Mon chapeau de paille, une robe blanche, mon corps mince, mes muscles dessinés sous la peau, mon cou sans rides, mes cheveux soyeux, mes mains sans taches, mes doigts sans nœuds. Je cours je saute je m'échappe, je me moque du garçon qui me fait la cour en vain.

Je me réveille vieille. Je sommeille et pense au rêve. Quand ils disent : Malédiction ! Que tu es belle ! On dirait que ça leur fait mal. Qu'ils nous craignent parce que nous sommes désirables. Ça les met en danger. Ils préféreraient peut-être qu'on soit laides. Ou mortes.

Qui était l'amoureux du rêve ? Un garçon me revient en mémoire, qui lui ressemble. Celui-ci, charmant et tendre, avait si peur de sa part féminine, de l'ombre de son désir homosexuel, que son propre sperme lui faisait horreur. Mon amie Leonor disait que les hommes les plus parfaits, les femmes les plus accomplies sont des êtres qui ne sont ni complètement homme, ni complètement femme. Mais je l'ai déjà dit. Ou peut-être pas encore, je ne sais plus. Le temps n'est pas linéaire. Tu dérailles, Elsa. Oui, et alors ? Je me raconte mon histoire et saute des phrases musicales, j'en répète d'autres. Je crée une autre musique, et puis voilà.

Neve saute à terre, pose au pied du lit une balle toute neuve, Elsa, lève-toi, c'est une nouvelle journée qui t'est donnée. Je me débarrasse de la nuit, en bas un bruit de pas, c'est le jour de la dame qui vient s'occuper de la maison une fois par semaine, par la fenêtre ouverte monte l'odeur du café.

Ma table couverte de rosée est restée sous le mûrier. La dame m'aide à m'installer sur un plus large fauteuil, un châle autour des pieds. Mes cahiers, mon crayon, ma gomme, ma tasse préférée. Deux papillons blancs s'élèvent vers l'azur en dansant.

Immergée dans le jardin, je fais partie d'un présent d'éternelles fluctuations. Les souris ont rongé les bulbes des tulipes que j'avais plantés, genou à terre, à l'automne dernier. Pas de tulipes donc cette année. Les stipas aux tiges dorées ont envahi les bords des haies. J'ai toujours pensé qu'un certain air d'abandon sied au jardin. J'arrive à la fin, et je me sens comme au début. Je me souviens plus du goût de mes premiers baisers que de toutes les fois où j'ai fait l'amour.

Je ferme les yeux. Je me souviens d'un été nié. Leonor m'avait invitée avec Bill et Serge, son amant, en Corse. Elle m'avait offert une chambre volière au-dessus des vagues de la Méditerranée. J'aurais peut-être appris à nager.

Leonor Fini,
dont le drapeau est un chat siamois qui flotte dans le vent de Corse, passait ses étés au couvent de Saint-François, à Nonza. Dans le village, on murmurait qu'elle et ses amis déterraient les crânes des moines pour y boire du vin pendant leurs orgies, mais Leonor m'a confié que ce n'était pas vrai. Ils buvaient dans des verres, c'était plus propre.

Le couvent semble inventé pour elle. Des ruines habitées par des souris roses, de serpents verts et de lézards bleus, aux abords mangés par des fougères géantes entrelacées aux racines calcinées par la pluie et le soleil. Chimères et unicornes hantent l'église sans toit et ses autels baroques. Un énorme figuier sauvage envahit la nef. Dans les cryptes, les crânes des moines s'amoncellent, tibias et os iliaques en vrac. Les moines-fantômes vont chercher l'eau à la fontaine tous les matins, une chouette grise sur l'épaule. Ils y croisent Kot et le Lièvre, intimes de Leo, et parfois l'adorable, timide Hector Bianciotti et l'indéchiffrable Fabrizio Clerici. Les deux premiers, je ne les connais que par les lettres de ma belle amie. Les deux autres, je les ai croisés à Rome. L'Argentin Bianciotti faisait la manche Piazza di Spagna, jusqu'à ce que la générosité de Leonor le sauve de la misère. Amoureux des livres, fou d'écriture, Bianciotti lui sert de secrétaire très particulier. Fin d'esprit et d'une plume sensible, il lui est devenu indispensable.

Quant à Clerici, c'est le plus beau des hommes. Peintre, écrivain, il est capable de s'absorber dans la contemplation d'une œuvre d'art pendant des heures, au point de décoller pour un autre monde. Il y a une sorte de sainteté chez ces deux hommes : ils croient dans les vertus thaumaturgiques de la beauté.

Les fantômes ne leur font pas peur. Ils cohabitent dans la partie intacte du monastère aux pierres dénudées, aux ardoises verdies, aux plafonds voûtés, aux fenêtres hautes, à l'antique cuisine. Une grande vigne pousse entre le monastère et la mer, l'eau dans la crique en bas est profonde et transparente, les rochers, ronds et doux. Quand, au début du mois de juin, Leonor s'y installe, elle fait une cure amaigrissante de tomates et œufs durs, tandis que le Lièvre et Kot se nourrissent de poisson et des langoustes qu'un pêcheur de leurs amis leur apporte trois fois par semaine. Les légumes arrivent tous les jours dans de grandes corbeilles, cueillis le matin même par les ineffables Devota et Supplizia habillées de guenilles bariolées et coiffées de casques coloniaux. Trois dents à elles deux.

Je ne suis jamais allée à Nonza – sauf en rêve, un jour. Mais à travers les lettres de Leonor, j'ai VU.

J'avais fait la connaissance de Leo en 1943. Elle habitait alors l'appartement au-dessus de celui d'Anna Magnani au Palazzo Altieri à Rome. Leonor était née quelques années avant moi, à Buenos Aires, puis avait vécu une enfance choyée et une adolescence féerique à Trieste. Mais, car il y a toujours un « mais », son père et sa mère se la disputaient. Ils l'aimaient, en quelque sorte, l'un contre l'autre. *Il vaut mieux être trop aimée, même si mal aimée, que pas assez.*

Bobi Bazlen était l'un de ses compagnons les plus proches, et combien de fois ne m'ont-ils pas raconté, tous les deux, leurs déjeuners dans les bistrots de campagne autour de Trieste avec leur bande, et cet état d'esprit qui était le leur, adolescence et folie douce. Ce que tous les deux m'ont dit, c'est qu'ils se sentaient impunis. Bobi l'a payé au prix fort, mais Leonor l'est toujours. Impunie. C'est une princesse habituée à faire passer ses désirs avant ceux des autres, ce qui curieusement arrange son entourage. À la fin des années vingt, à Paris, elle avait connu André Breton et sa clique. Breton était fasciné par elle, mais son club de garçons préférait les muses aux femmes artistes. Les petites amies, les ex, les épouses, cela allait, puisqu'elles restaient à leur place... mais une demoiselle qui se revendiquait elle-même sujet, et pas objet, ce n'était pas possible. Et puis, elle était belle à faire peur ! Je comprends ces braves surréalistes. Je ne m'y serais pas trop fiée non plus, à leur place. Ce que l'on appelle la nature féminine est assez suspect. C'est la raison pour laquelle je me revendique écrivain, et non écrivaine. Je ne joue pas dans les listes roses.

Je remarque d'ailleurs que plusieurs femmes artistes partagent ces sentiments. Jamais nous ne reprochons aux écrivains mâles leur lyrisme – parfois de pacotille – dans les affaires amoureuses. Anne Karénine, la Sanseverina, Grouchenka sont tout droit sorties d'un rêve de midinette, sans parler de Madame Bovary. Misogynie partisane. Laissons.

Par certains côtés, Leonor me ressemble. Elle n'aime pas les femmes – ni les hommes d'ailleurs. Elle aime les créatures mi-fée, mi-follet.

Comme moi, elle place les chats, et les animaux en général, au-dessus des êtres humains. Et comme moi, Leonor aime régner.

Un corps d'enfant abusé, des yeux noirs de rapace dont la paupière se ferme rarement, un visage au nez fin, épaté aux narines, une chevelure de pythonisse, une bouche dont la lèvre supérieure ressemble à un museau de Persan. J'aime la beauté chez mes amies, même si je ne la convoite pas. Les hommes de Leonor aussi sont beaux. Et ornés, car elle aime à les déguiser. Leonor se balade nue, sauf quand elle porte des costumes. Elle prend des bains de mer qui durent des heures, sans rien d'autre qu'un énorme chapeau orné de fleurs sur sa tête. Lorsque les fleurs s'envolent sur les vagues, elle sort de l'eau, les doigts ridés et l'âme lavée.

Elle peint des tableaux, crée des décors de théâtre, dessine. Ses cadavres ont le rictus de la jouissance, ses femmes, l'expression mystérieuse des madones de Piero della Francesca. Elle croque des chats. Évidemment. C'est notre lien le plus fort, celui-là. Nous sommes d'accord sur le fait que les félins sont des chérubins venus sur terre pour notre consolation. Elle collectionne les amants singuliers – au pluriel. Car elle vit toujours avec trois hommes au moins : son ancien amour, son actuel, et son futur. Parfois ils se télescopent. Ça n'a pas l'air de les gêner outre mesure. N'ayant d'yeux que pour leur souveraine, ils se supportent assez bien. Je crois qu'ils installent même une camaraderie de bon aloi entre eux.

Je ne lui connais pas de drames amoureux. Sauf avec André Pieyre de Mandiargues, à qui elle en voudra jusqu'à la fin des siècles, amen. Car il n'y a pas plus grande furie sur terre que celle d'une femme dont l'amour-propre a été bafoué.

Il y a cette photo prise par Cartier-Bresson, qui était leur ami à tous les deux. On y voit leur corps-à-corps aux bains de Trieste, dans une mer toute en lumière fragmentée. Leonor est étendue, les seins affleurant le pli de l'eau. André Pieyre est debout entre ses cuisses écartées, de dos. On dirait qu'ils font l'amour dans les vagues – ils le font peut-être d'ailleurs. La tête bouclée, cheveux mouillés, de l'homme, cache le visage de la femme.

Il y a une autre image, prise juste avant ou juste après. Une jambe repliée en ballerine, sexe satiné, épilé, offert, Leonor flotte, mamelons recouverts d'un voile de mer, décapitée par le cadre de la photo.

Elle a des seins magnifiques. Elle les déteste. Pour dire faire l'amour, elle dit faire boum boum. Quand elle a ses règles, elle grogne qu'elle a son mal de queue. *Parce que c'est une sirène.*

Les fêtes au couvent. Les invités passaient des jours, des semaines entières à confectionner des habits. Masques en plumes, coquillages et bouts de miroirs, bijoux précieux et pacotilles en verre, foire d'Indiens. Les hommes maquillaient leurs torses nus, fardaient leurs cils, leurs bouches, leurs sexes. Les femmes plongeaient leurs mains et leurs pieds dans l'or et l'argent. Puis, à la lumière des torches, le couvent tout illuminé par des cierges plantés dans les plus petits recoins, sous le regard inquiétant des monstres en carton-pâte, ils défilaient en procession. La cérémonie se déroulait par une nuit de pleine lune, souvent la dernière de l'été, tandis que dans l'air encore chaud l'automne faisait courir sa première brise de mousson. La caravane de Leonor déclamait des vers, buvait, se droguait, faisait de la musique, dansait, chantait. Se frôlait, se touchait, s'embrassait. Les alcôves, les baldaquins fleuris, en plein air ou dans le cloître, accueillaient au point du jour les noceurs épuisés. Comme des chatons, ils se mêlaient les uns aux autres dans des rêves sensuels, ivres de fatigue et de vie.

À midi, les cloches sonnaient. La chaleur du plein jour blanchissait les pierres trouées de figues de barbarie et de palmiers. Peu à peu, les rêveurs revenaient à eux.

Ces nuits d'été hantaient les hivers. Leonor revenait à Paris, les amis s'égaillaient, leurs lettres ponctuaient les saisons. À quand ? À vite. Bientôt mai, juin. Les premiers bains. On a ajouté des cordages pour descendre à la crique. Une nouvelle plateforme de planches, un bateau de pêcheur retapé. Une chambre au plafond d'étoiles, car le toit s'est écroulé à la dernière tempête. Un lit sur une terrasse sous un douar de lin blanc, et de nouveau les drapeaux aux siamois de neige vont se hisser : Venez mes amis, c'est prêt.

Bill, Serge Gajardo – son amant – et moi devions rejoindre Leonor et les siens au début d'un mois de juillet. Nous y passerions un été qui promettait d'être somptueux, nos billets étaient déjà pris, sur le sol de nos cellules Leonor avait répandu des bougainvillées en soie froissée, sur les étagères elle avait posé des livres, des cartons à dessins, des coupes de figues et de pêches. Et puis.

J'ai rêvé
d'un cheval blanc, Bill, la nuit dernière. L'ange déchu était assis à l'envers sur la bête ailée, galopant vers l'Apocalypse, et moi je le regardais s'éloigner.
Le temps court-circuite la mort de ceux qu'on aime. Dans les rêves, on ne peut savoir si ça va arriver ou si c'est déjà arrivé. Connaître ce que l'on ne peut empêcher, quelle horreur. J'ai aimé Moravia contre lui-même. Peut-être contre moi-même. Je t'ai aimé, Bill, contre la Terre et le Ciel. Et contre toi-même, souvent. Crois-tu que j'aie oublié ? Comme tu m'as mise à la porte un jour de disgrâce. *Va-t'en ! Je n'ai pas besoin de toi ! Tu veux m'aider ? Personne ne le peut ! Si tu veux aider les gens, deviens bonne sœur ! Tu t'es vue ? Avec ton ventre de vieille, tes jambes de vieille. Tu es laide, tu sens mauvais. Barre-toi en Inde, en Afrique ! Barre-toi !*
Tu riais d'un rire obscène, je voyais la chambre en désordre, c'était ma maison, celle que je t'avais

prêtée parce que tu n'avais rien, tu étais seul comme un chien, ô mon enfant, quelqu'un dormait dans le lit crasseux, il y avait une seringue sur ma table de travail, tu t'es aperçu que je l'avais remarquée, tu t'es mis à pleurer, ta houppette de cheveux moite sur tes yeux d'un si beau bleu, d'un bleu désespéré, tu t'es mouché sur la manche de ta chemise, tu m'as claqué la porte au nez sur ce dernier regard. Ce regard, pour lequel plus tard tu m'as demandé mille fois pardon. Ce regard que je n'ai pas pu te pardonner, jamais, parce que c'était le mien, celui que je portais sur moi-même. Oui, j'étais vieille et laide, tu étais jeune et magnifique, et tu avais raison. Tu ne pouvais pas m'aimer.

En 1948, Elsa croise Luchino Visconti à la Stazione Termini à Rome, alors qu'elle descend du train avec Moravia, qui le lui présente. Visconti l'accompagne chez elle dans sa voiture avec chauffeur. Commence le jour même entre les deux une relation sado-masochiste qui durera plusieurs années.

En 1950, Elsa démarre sa collaboration de critique cinématographique avec la Rai, à laquelle elle met un terme au bout de deux ans pour « incompatibilité » avec les dirigeants. Elle écrit aussi pour l'hebdomadaire Il Mondo *et travaille à un nouveau roman,* Nerina, *qui ne verra jamais le jour. En 1957, elle publie son deuxième roman,* L'Île d'Arturo. *Elle est récompensée par le prix Strega.*

Visconti
On ne peut pas bluffer quelqu'un qui ne vous regarde pas.

Il n'y en a pas tant que ça, des génies. En 1949, Luchino Visconti avait déjà réalisé *Les Amants diaboliques* et *La Terre tremble*, en 1951 il tourna *Bellissima*, avec Anna Magnani. Puis *Senso, Les Nuits blanches, Rocco et ses frères, Le Guépard, L'Étranger, Les Damnées, Mort à Venise, Ludwig, Violence et Passion, L'Innocent, Sandra*. J'oublie ses courts-métrages. Laquelle de ces œuvres n'est pas géniale ? Mais dans chacun de ces films, il est trop tard.
Trop tard pour sauver sa peau. Pour sauver la liberté, la vérité. Sauver un monde qui disparaît.

Beau visage fatigué. Mains intelligentes, sans cesse en mouvement. Et sa voix. J'aimais tout de lui, ses lèvres au pli cruel, ses cheveux ondulés, son odeur, tabac et Cuir de Russie, ses maisons et ses goûts, ses souvenirs et ses silences. Ses films, son allure, sa culture, ses vêtements, ses mains, la manière dont il bougeait, souriait, enfilait une longue cigarette blanche dans un embout noir – encore une. Il en fumait trois paquets par jour. Tendre par mégarde, pervers et hautain, Lucifer porteur de lumière et de désespoir, pour moi qui ne connais que désespoir et lumière. Quand je l'ai connu, je croyais que j'allais vers la Rédemption. Que j'arriverais là où aucune femme n'était arrivée.

On ne change pas un homme – a fortiori Luchino Visconti.

On est changée par lui.

La première fois que je l'ai croisé, j'étais avec Moravia. Mon mari me l'a présenté, mais je le connaissais, comme on dit, de loin. Il m'a regardée comme on regarde une jolie chose intéressante, vite distrait. Déjà distrait. Je l'ai considéré comme on considère un objet éventuel de désir. Je n'attendais qu'une chose, tomber amoureuse. Lui ou un autre, quelle importance, pourvu que cet homme ressemble à mes plus secrets désirs – oh, des désirs si secrets que je les ignorais.

Je pouvais enfin me permettre d'être amoureuse. Je crânais le soir dans mes nouvelles robes Dior, le jour dans des pantalons et des pulls noirs qui affinaient plus encore ma silhouette. Je me pavanais avec mon sac Bagonghi en velours rouge, mes chaussures sur mesure. Mon corps aussi svelte que celui de Leonor dansait plus qu'il ne marchait. Je mangeais un jour sur deux, ma gourmandise réprimée allumait d'autres envies. Je n'avais pas quarante ans, j'étais plus jeune que je ne l'avais jamais été.

Ce printemps-là, Moravia avait gentiment gaspillé notre argent tout frais en louant une villa à Capri dont le jardin n'était qu'à nous et à nos chats. Des salles de bains en marbre noir et blanc, des salons en bois marqueté, des grandes baies vitrées devant lesquelles s'épanouissaient les palmiers en pot, des terrasses ponctuées d'arcades en fer forgé croulants sous les rosiers, des bassins où nageaient des nymphéas blancs et des poissons argentés, et quel bonheur c'était de voir la mer qui étincelait derrière les cyprès. Je me promenais entre les lauriers roses au parfum de pâte d'amande dans les sentiers de sable, moi, la petite fille du Testaccio qui jouait dans une cour pelée en rongeant son frein, me voilà enfin vêtue de soie, une tasse de café à la main, assise sur le perron en pierre à regarder le soleil surgir en pensant, J'y suis arrivée, c'est ce que je suis aujourd'hui. Après *Mensonge et Sortilège*, pari gagné, le monde s'ouvrait à moi. J'avais tellement travaillé, tellement baissé la tête, tellement attendu. Visconti était ma récompense, il allait racheter mes origines obscures, ma faim, mon orgueil meurtri, mon orgueil fou.

Il tombait à point nommé.

Au début, il m'a donné un hibou.

À la fin, je lui ai demandé : Quand commencera notre histoire ? Il a ôté ma main de son bras, m'a fixée de son regard cœur fermé, et il m'a répondu : L'histoire, c'était ça.

Il pleut.
Sans bruit. C'est plus un brouillard suspendu qu'une vraie pluie. Je reste sous la véranda, un plaid autour des hanches. Neve s'en fiche. Elle broute l'herbe jeune du jardin, court après les papillons de pluie, heureusement sans en attraper, puis se jette à terre et se roule sur la pelouse. Neve est compacte, cuisses musclées, petit derrière saute-en-l'air. Elle peut faire des bonds de presque deux mètres quand je lui jette la balle de tennis qu'elle attrape au premier rebond. Son poil noir brille, couvert de gouttelettes irisées. Elle s'arrête pour me regarder, une oreille plus haute que l'autre. Elle est jeune, très jolie.
Moi aussi, je suis restée jeune tant que j'ai pu. Je croyais que je faisais attention à mon corps pour me préparer à l'amour. Si au départ j'avais été laide, est-ce que j'aurais tiré tant de plaisir de ces longs bains de soleil, aussi nue que la Brigitte Bardot du

Mépris sur la terrasse de la Villa Malaparte ? J'aimais mon corps. Et le soleil. J'aimais ma peau.

Au fond, tout revient à ce qu'il nous est donné au départ. C'est un peu comme gagner au Loto. La famille, certes, l'éducation, le milieu social.
Le corps aussi. On le fait marcher tant qu'on peut, le réparant et échangeant les anciennes pièces contre des nouvelles. Et même ceux parmi nous qui tiendront cent ans auront l'impression qu'il s'est passé l'équivalent d'un après-midi d'été. Mes romans dureront plus longtemps. Je le sais, mes personnages sont immortels. Je ne peux écrire sur eux si je les juge. J'ai besoin de les comprendre, de leur pardonner. Je crois que je suis plus indulgente avec les hommes, les femmes qui peuplent mes écrits qu'avec mes amis. Je ne sais peut-être pas aimer, ou peut-être aimé-je mal.
Cette solitude choisie est trop lourde parfois.

La chatte Colomba a eu des petits, quatre chatons dans leur corbeille, avec des poils comme des plumes et des oreilles et des nez froids comme des roses rafraîchissantes et des voix comme des rossignols imperceptibles, et ils ressemblent tous à leur mère.

Je me souviens avoir ri avec un vrai bonheur, même quand je n'avais plus rien à manger, même quand j'attendais les huissiers. Je me souviens que même lorsque j'étais malheureuse, même quand j'avais le cœur brisé, j'écrivais. Et écrire était si jubilatoire que j'en oubliais mes peines – ou alors elles passaient en second plan. La joie, dans *la solitude sacrée*. Ce soir, je ressens tout cela, mais avec une distance nouvelle, la grande douceur d'un départ imminent. Je voudrais entrer dans l'Au-delà par la porte dorée.

Il y a toujours ce cœur qui dit : Un jour peut-être. Un jour, il viendra et on retrouvera le rire la complicité la grâce l'amour. Il me dira qu'il m'aime, qu'il m'a toujours aimée. Que c'était des caprices, des lubies. Mon trésor, pardon de t'avoir oubliée dans ma folie, je suis là, regarde, je suis près de toi.

Parce que si cela n'existe plus, c'est donc que cela N'A JAMAIS EXISTÉ ? Tant de baisers et de caresses de rêves et d'espoir de larmes et de courage pour finir en crâne la bouche ouverte sur un cri d'épouvante éternel ? Amours perdues, amours humiliées. Les vieilles brûlures s'entrouvrent, clovisses à l'arrivée de la marée.

Quelqu'un m'a dit
que quand il désirait une femme, Moravia lui prenait la main, la posait sur sa braguette et disait, *tu sens comme c'est dur ?* Visconti s'est conduit avec moi de la même manière. Ma main ou ma bouche, ça dépendait de l'endroit, de l'humeur du Maître, de son désir. Jamais du mien. Je ne m'en plaignais pas. J'étais comme un oiseau face au serpent. Ravie d'être mangée par lui.
Près de cet homme, la vie était *andante allegro*. Mon chat Arturo, premier de la lignée, vivait avec lui. Je le lui avais offert dès le commencement de notre histoire. Mon messager d'amour dormait près de son visage ou sur son cœur, à la place où j'aurais voulu poser ma tête. Il l'espionnait. Il venait murmurer dans mes rêves les nuits d'amour dont j'étais exclue. J'aurais voulu un enfant avec Visconti. C'est comique à la fin tant de contradictions. C'est pathétique à la fin tant de contradictions. Comment faire

un enfant à quelqu'un qui ne vous fait pas l'amour ? Dans mes fantaisies sensuelles, il me tuait. Mais Visconti ne se donna pas la peine de m'assassiner. *Tout ce qu'il pouvait me concéder, c'était de se laisser sucer par moi. Lui, statue royale, moi à ses genoux. Mes yeux le buvant du regard ensommeillé et adorant de l'enfant qui tète sa mère.*

Je le couvrais de fleurs blanches, ses préférées. Je lui écrivais des longues lettres d'amour, il me répondait en parlant de son travail. Je lui achetais des cadeaux somptueux qu'il posait quelque part pour les oublier aussitôt. Il me donnait des choses minuscules qui devenaient mes trésors.

J'étais obsédée par lui. Il s'ennuyait avec moi. Je me prosternais, il sortait pour répondre au téléphone, quand le téléphone ne sonnait pas. J'attendais qu'il revienne dans la pièce, il appelait son chauffeur et s'échappait en douce de chez lui. Je souffrais pour chaque minute morte, celle que j'aurais pu passer à ses côtés, même en silence, même sans respirer. Il était inconstant, lunatique, fuyant. Blessant. Je prenais des distances. Il ne s'en apercevait pas.

J'ai essayé de lui faire oublier le goût des garçons. Peine perdue. *Comment pouvais-je lui donner le goût d'une femelle, alors que je n'en suis pas une moi-même ? Alors que comme lui j'ai horreur de cette fissure grise et rouge, de cette chair d'animal à l'abattoir ?*

Tomber amoureuse d'un homosexuel permet beaucoup de choses. De rêver. D'implorer, de souffrir – et de ne pas tromper son conjoint.

Moravia jouait au mari compréhensif. Il faisait semblant de ne pas entendre nos coups de téléphone nocturnes, pornographiques, excitants, insatisfaisants, exténuants. Il m'écoutait des heures délirer, en me tenant la main. Il me regardait grimper aux vitres comme un entomologiste observe un insecte pris au piège. Je crois que ça l'intéressait. Son bouclier de froideur lui permettait d'analyser une situation qui le touchait de près sans se sentir impliqué. Il avait beaucoup d'estime pour Visconti. Et pour moi. Il voulait voir comment je m'en tirerais. Il suivait mon calvaire pas à pas en essuyant les gouttes de sang qui tombaient de mon front.

Un matin je suis partie avec ma valise pour aller vivre avec Visconti.
Le vicomte m'a mise à la porte.
Je suis rentrée.
La cuisinière avait préparé le dîner.
Pour deux.
Moravia avait compris avant moi que rien n'arriverait. Que rien n'était arrivé.

Alors, quoi ? Juste parce qu'il me fallait devenir l'enfant Arturo ensorcelé par un père adoré, puis détesté à la hauteur de cet amour ? La vie pour l'écriture plutôt que l'écriture pour la vie ?

L'Île d'Arturo

Pieds nus dans des sandales, chemise ouverte, pantalons aux genoux déchirés, un foulard à grosses fleurs roses autour du cou et une valise attachée par une ficelle à la main, Wilhem Gerace arrive sur l'île de Procida comme un dieu descend de l'Olympe. Depuis ton enfance, tu guettes les signes avant-coureurs de son arrivée, mais ce père qui vient toujours à l'improviste, juste avant ou juste après que tu es allé au port pour l'accueillir, tu le rates toujours.

Arturo, mon enfant. Toi qui es moi, alors que je suis ta mère pour ne l'être jamais. Donne-moi la main, courons dans la grande maison des Guaglioni où la cuisine noire de suie sent la tomate et le basilic qu'on vient de cueillir, viens, apprenons ensemble les mille noms nouveaux pour cet amour qui te perce la poitrine depuis que tu es né, nous crierons sur la plage et danserons les pleurs et les rires et les peurs. Arturo, mon fils.

Né dans l'île de Procida, à une demi-heure de bateau de Naples, d'un père à moitié allemand et d'une mère morte en lui donnant le jour, Arturo a été élevé au biberon par le nounou Saverio, une bouteille remplie de lait de chèvre en guise de mamelle. Depuis que Saverio est parti à l'armée, Arturo vit seul, sans d'autres besoins que sa barque pour aller pêcher, sans autres tendresses que celle de sa chienne Immacolatella. La nourriture, il s'en fiche, une femme du village vient lui apporter à manger le soir, des vêtements, il n'en a pas besoin, un ou deux pulls suffisent au bref hiver du sud ; le printemps parfumé de genêts et de romarin sauvage gagne l'île en février. Une jungle de volubilis couvre les murs du couvent franciscain crasseux dans lequel il habite depuis toujours. L'énorme bâtisse qui surplombe l'île et le village, à mi-chemin entre le rivage et le pénitencier, a été l'étrange décor de festins entre hommes – d'où son nom de *Casa dei Guaglioni*, la maison des garçons – lorsqu'elle appartenait à l'encore plus étrange seigneur des lieux. Depuis sa mort, le père d'Arturo, qui en a hérité, le déserte. Aucune femelle à part la très douce chienne Immacolatella, n'y a jamais habité après la mort de la mère d'Arturo. La poussière l'envahit, les figuiers forcent les pierres et disjoignent les briques, les corbeaux qui habitent les creux des murs s'envolent au-dessus des flots en croassant, mais telle qu'elle est, c'est la plus noble des constructions de l'île, qui domine et nargue les masures des pêcheurs, serrées les unes contre les autres tout en bas. Arturo ne le sait pas, mais il est heureux, jusqu'au jour où Immacolatella meurt en couches et où son père ramène à la maison une très jeune épouse, Nunzia, à peine plus âgée qu'Arturo lui-même. Le temps de lui faire un enfant, un bébé blond et joufflu, et le père disparaît de nouveau. Commence alors le mal d'amour d'Arturo, qui trouve en Nunzia l'affreuse douceur dont il ne savait pas qu'il manquait. Il ne parvient même pas à l'appeler par son nom, cette petite noiraude à la jolie bouche et aux boucles noires qui la recouvrent tout entière. Alors il la nomme, dans son for intérieur, Nunz, ou N. Elle, de son côté, sauvageonne qui sait à peine lire et écrire, le respecte de savoir tant de choses, car Arturo a lu tous les livres qui encombrent les étagères de la bibliothèque, et s'enchante de l'entendre raconter les légendes des temps anciens au coin du feu, l'hiver. Malgré sa soumission, elle se dresse contre lui lorsqu'il est injuste, et cela rend Arturo fou, car ces injustices sont sa seule défense. Les saisons s'écoulent, et l'enfant est de plus en plus épris de cette belle-mère qui pourrait être sa propre petite sœur.

Le père revient, pour une misérable aventure avec le jeune prisonnier Stella qui se moque bien de lui. Wilhem Gerace tombe du piédestal, le monde est nu et laid, l'île pauvre et reléguée dans d'impassibles flots. La seule figure hardie et belle est celle de N., la fausse soumise. La seule vraie aventure, celle d'un baiser donné et reçu.

La seule issue pour Arturo, l'exil et la mort.

Bonjour et adieu

Encore un jeune été qui se termine. Je pourrais le prolonger quelques jours encore, mais je ne le ferai pas. Je lui dis adieu, comme je dis adieu à Luchino. Et à la jeunesse ? Queues de feu, mille comètes pour mes nuits sans sommeil. Les choses amères m'ont été les plus chères. J'ai bu le sang magique des narcisses, derrière les triples murs de Gomorrhe je t'ai guetté, attendant de goûter à l'âpre fruit, toujours et jamais sont des risibles mots, tu m'as dit Arrière, Lisa, je ne te recevrai plus, alors, mon amour, Adieu.

Le philosophe Benedetto Croce meurt. Une file de voitures noires comme des corneilles dans un champ de neige l'accompagnent au cimetière de Naples entre deux ailes de foule.

Une Italie se termine.

Origine, la fondation de Capogrossi, expose les œuvres d'Alberto Burri, *Sacco e Rattoppo*, qui avaient été refusés à la Biennale de Venise.

Federico Fellini tourne *Le Cheik blanc*, avec le scénario de Michelangelo Antonioni.

Le prix Strega est attribué à Alberto Moravia, mis à l'index par l'Église, pour ses *Racconti*. Il gagne par 146 voix, contre 36 à Gadda et 22 à Calvino.

Un café qu'on appelait il Baretto ouvre via del Babuino. C'est mon endroit favori : le premier lieu beatnik de la ville.

Rome couverte de neige et de glace pendant plusieurs semaines. Après une fête, je traverse Villa Borghese de nuit, parmi les arbres blancs, en robe de soir violet dont la traîne glisse sur la neige au sol, mes cheveux libres sur mes épaules. Je n'ai pas froid.

La RAI, radiotélévision italienne, commence ses émissions.

Une Italie naît.

Le Mépris
   Une jeune femme brune sagement habillée, jupe aux genoux, tricot et ballerines, avance, son script à la main, filmée par le chariot surmonté de la caméra et du cameraman. Une caméra en plan fixe survole la scène. Musique dramatique. Puis : « C'est d'après le roman d'Alberto Moravia. Avec Brigitte Bardot et Michel Piccoli. Georges Delarue a écrit la musique. La mise en scène est de Jean-Luc Godard. » Travelling à l'extérieur des studios de Cinecittà. Le ciel est sans nuages, la voix off annonce le générique. Il ne se passe rien. Encore la voix off : « Le cinéma, disait Hervé Bazin, substitue à notre regard un monde qui s'accorde à nos désirs. » La musique hypnotique, tragique, égrène le thème central du film. La seule chose qui bouge vraiment dans ce film ennuyeux et admirable. Les mots de Moravia y sont pour quelque chose, lus du début à la fin comme un acteur qui apprendrait son

texte. Petit effet comique, seulement, on n'est pas dans une comédie, on est dans un drame. Je reconnais la patte de mon mari. Cela me donne d'avance mal à la tête. Je sais que je vais reconnaître certaines de nos disputes, certaines de nos paroles. Je sais déjà ce que je vais voir : du bruit et de la fureur. Des lâchetés, des incompréhensions, des va-et-vient insupportables entre un homme et une femme qui autrefois croyaient s'aimer.

Le plan suivant est délicieux grâce à la beauté de Brigitte Bardot, dont on ne voit que les jambes, les fesses et le dos, tandis que Michel Piccoli lui donne la réplique, tout habillé, assis à côté d'elle dans le lit.

« Tu vois mes pieds dans la glace ?
— Oui.
— Tu les trouves jolis mes pieds ?
— Oui.
— Et mes genoux, tu les trouves comment ?
— Jolis.
— Et mes cuisses, tu les aimes ?
— Oui.
— Et mes fesses ? Tu vois mon derrière dans la glace ? Tu les trouves jolies mes fesses ?
— Oui, très. »

La musique redouble, donnant à la scène une intensité différente.

« Qu'est-ce que tu préfères ?
— Je ne sais pas. C'est pareil. »

La lumière change. Rouge. Bleue.

« Alors tu m'aimes tout entière.

— Oui. Je t'aime totalement, tendrement, tragiquement.
— Moi aussi, Paul. »

Au Teatro n° 6, Michel Piccoli rencontre le producteur, accompagné de la jeune femme du début, la jolie Giorgia Moll, qui lui sert de traductrice et probablement, on le comprend vite, de maîtresse. Il s'agit pour Paul, qui a demandé à sa femme Camille de le rejoindre, de signer un scénario. Le producteur conduit une Alfa Romeo rouge. Lorsque Camille arrive, il fait semblant de ne pas la voir. Mais quand il lui demande de monter dans la voiture, Camille se cabre. Paul insiste pour qu'elle y aille. Camille finit par acquiescer.
Leur amour se termine à ce moment-là.

La scène suivante est interminable. C'est le cœur du film, et il est bavard à mourir. Camille en veut à Paul de l'avoir poussée à monter dans la voiture du producteur. Elle finit par lui dire, assise sur les waters en fumant, enveloppée d'une serviette rouge, qu'elle ne l'aime plus. Paul louvoie. Il ne veut pas comprendre, alors il ne comprend pas.
Enfin, à une heure vingt-deux minutes du début du film, on arrive à Capri. Plan large sur la Villa Malaparte. Gris des falaises, vert-gris des chênes-lièges, vert profond des pins accrochés à la roche, rouge des murs. Un étroit sentier serpente, dangereux, jusqu'à la porte d'entrée. Camille, pieds nus

sur la terrasse. Chassé-croisé des amants qui ne s'aiment plus. Camille fait exprès d'embrasser le producteur sachant que Paul la verra. Elle le pousse à bout pour qu'il réagisse, mais il ne le fait pas, perdu entre son attirance pour la jeune assistante du producteur, son avidité impunie du mâle qui voudrait pour lui toutes les figurantes du film, et le sentiment qu'il est en train de perdre sa femme. C'est cela que Camille finit par lui reprocher, de guerre lasse devant le mur de fausse incompréhension de Paul. Avant de plonger nue dans la mer elle lui dit : Je te méprise.

Il trouve plus tard un petit mot où elle a écrit : *Cher Paul, j'ai trouvé ton revolver et j'ai enlevé les balles. Je m'en vais. Adieu.*

La meilleure réplique du film ?
Le producteur à Camille :
« Qu'est-ce que vous pensez de moi ? »
Camille :
« Montez dans votre Alfa, Roméo. On verra après. »
Mais il n'y a pas d'après. Le plan suivant montre la voiture encastrée dans un poids lourd. Le producteur a la tête penchée d'un côté. Il ne bouge plus. De Camille, on n'aperçoit que le long cou gracieux et le nuage de cheveux blonds ensanglantés.

Puis c'est de nouveau Paul. Il prend congé du réalisateur à la Villa Malaparte. Le réalisateur lui dit : Il faut toujours terminer ce qu'on a commencé.

Travelling sur la mer calme et bleue. Le réalisateur crie : Silence !

Le mot
FIN
apparaît à l'écran.

Septembre 1959. Pendant un voyage à New York, Elsa rencontre Bill Morrow, très beau jeune homme de vingt-trois ans, peintre, homosexuel. Peu de temps après, Bill la rejoint à Rome. Elsa continue de vivre au domicile conjugal, via dell'Oca, mais travaille dans son atelier du quartier Parioli. En même temps, elle achète un nouveau lieu, via del Babuino. Bill et son amant Serge Gajardo passent l'été en Espagne, au bord de la mer. Tous les deux la supplient de les rejoindre, mais Elsa n'y va pas.

Fin 1961, elle part en Inde avec Pasolini et Moravia, mais, au contraire d'eux, elle n'écrit rien sur cette expérience. Pendant toute cette année, elle prête son studio des Parioli à Bill et l'aide autant qu'elle le peut.

En 1962, elle organise deux expositions des tableaux de Bill, l'une à Rome, l'autre à Paris. Ce sont deux échecs retentissants, embarrassants pour elle comme pour Moravia, qui ont vainement invité ceux qui comptent dans le domaine de l'art, de la presse et de la culture.

Le 30 avril, Bill Morrow, de retour à New York, se tue en tombant du haut d'un gratte-ciel. Les circonstances de sa mort ne seront jamais élucidées. Quelque temps après, son amant, Serge Gajardo, se suicide.

Elsa Morante et Alberto Moravia se séparent. La mère d'Elsa Morante meurt.

En 1963, Einaudi publie un livre de contes, Le Châle andalou.

En 1968, Einaudi publie Le Monde sauvé par les enfants, *un recueil visionnaire de poèmes et chansons.* Elsa s'adonne au LSD.

En 1974, Einaudi publie La Storia. *Polémique dans le monde culturel. On traite* La Storia *de « roman qui touche le point littéraire le plus bas, avec un narrateur compatissant envers des personnages socialement et culturellement inférieurs à lui, et qui se plaît à mettre en scène cruauté et mort ».*

C'est un immense succès de librairie.

En 1975, Pasolini est assassiné.

En 1980, Elsa tombe la première fois. Elle se fracture l'os du fémur.

En 1981 sort le roman Aracœli, *magnifique et désespéré.*

En 1983, Elsa tombe la deuxième fois. Elle est sauvée in extremis de sa tentative de suicide au gaz. Elle est hospitalisée. Elle ne quittera plus sa chambre.

Le 25 novembre 1985, Elsa tombe pour la troisième et dernière fois.

Moon River
Rivière de lune plus large que je ne peux l'imaginer,
Je vais te rejoindre bientôt de l'autre côté,
Mon chéri, tu m'as brisé le cœur quand tu t'en es allé,
Mon faiseur de rêves, on arpentera les étoiles ensemble,
Mon pionnier des trous noirs,
Toi et moi suivrons le même arc-en-ciel comme on l'a déjà fait ici-bas,
goût du sang, des corps et du danger, l'eau à la bouche en riant,
Mon Huckleberry friend,
Nos amants, nos amis, nos chiens et nos chats à nos côtés,
nous traverserons
le Moon River.

Sous l'orage à trois heures du matin, le ciel ruisselant l'asphalte trempé, je sortais de chez toi, Bill, de ta chambre rouge de New York, de ton lit creusé dans une niche tendue de rideaux de velours où tu te tenais pour lire étudier écrire aimer.

Tu rentrais du soleil et de l'amour, c'était la première fois que je venais chez toi, nous avons rapproché deux causeuses et nous avons causé, d'amour de l'époque et du soleil, comme les deux grand-mères d'*Une vieille maîtresse*, le roman de Barbey d'Aurevilly que l'on peut encore lire, que l'on doit encore lire, « Madame de... recevait dans son boudoir, elle qui n'avait jamais véritablement boudé et qui, maintenant, ne boudait plus du tout », j'écris de mémoire, la mémoire du désir dont nous avons parlé ce soir-là, la tienne était toute fraîche, la mienne perdue dans les méandres des passions que je déroulais envers et malgré tout, sans plus y croire tout en y croyant, car nous étions malgré les années qui nous séparaient des incroyants pleins de foi, passionnés, désenchantés mais pas cyniques, et ainsi nous cheminions philosophes et gourmands, raison raisonnant cœur ardent et prêt à tout, il est si sexy m'avais-tu dit, cette fièvre au corps je la connaissais, la reconnaissais, je pleurais de bonheur en sortant dans la rue mouillée, tant de douceur, car la douceur est un choix nous étions-nous dit, nous sommes des amoureux irréductibles, on nous couperait en morceaux, notre cœur palpiterait encore, tu écoutes maintenant les cloches sonner les heures là-haut, moi je reste ici, un verre de vin à la main en ton honneur, mon Bill, en l'honneur du risque dont tu faisais bravement l'éloge, ce pourquoi on vit, ce pourquoi on meurt, est-ce que seulement je m'y attendrai ce matin-là, le temps qui me reste tu l'égrènes dans ta chambre avec vue, vue sur la mer de l'automne qui viendra, puis ce sera l'hiver, et mes larmes, Bill, seront glacées sur mes joues. T'es-tu trop penché, as-tu glissé ? T'es-tu élancé dans le vide, ou t'a-t-on poussé ? Un accident ? Suicide, crime ? Qui, pourquoi ?

C'est comme si mon temps s'était arrêté à cette poignée de secondes qui ne cesse de se répéter. Je n'ai qu'à tendre la main, le velours rouge va se déchirer, et j'espère, non, je sais, que l'ombre de mes chats et de mes chiens et ta silhouette en contre-jour m'accueilleront, me cueilleront au passage du Moon River que tu as traversé.

Main tenant
Un collier de jais serré sur un long cou blanc.
La masse des cheveux sur la nuque lorsqu'il fait chaud, et qu'on les relève.
Le front lisse.
Les mousses, le lichen vert et jaune sur la pierre grise.
Le brouillard qui enveloppe les arbres, danse dans les branches.
Le vent que l'on entend arriver de loin, l'odeur des glaciers, des neiges caressées.
Les pétales des fleurs du cognassier.
Une pluie de fleurs de cerisier.
La libellule posée sur le pieu où la ramille des tomates s'enroule. Elle replie les ailes, les déplie.
L'herbe d'un vert flamboyant entre les taches de neige.
Une musique créée pour un film qui n'a pas été tourné, un piano qui joue tout en haut d'une

montagne, un orgue qui reprend la mélodie, et la pluie qui tombe. Silence.

Un voile d'eau embue les rochers.

Une campanule bleue se penche sur une flaque d'eau. Sépales orange vif.

Un petit papillon brun ailes déployées comme peint sur un mur gris délavé.

Un grand papillon dansant derrière le voile des rideaux. Son ombre agrandie.

Un mur qui pleure des feuilles séchées.

Les fontaines creusées dans les troncs d'arbre à la montagne. Bruit mat de l'eau dans la vasque en bois.

Ma boîte à lettres où les escargots vont se réfugier. Ils ne sortent que lorsqu'il pleut.

Silence.

L'ange gardien trouvé dans une brocante que j'ai posé sur ta tombe imaginaire, mon Bill adoré.

Les statues qui se contorsionnent dans les jardins abandonnés.

Les chemises blanches brodées lavées toutes ensemble avant que tu ne meures, pour un bel été qui n'a pas eu lieu.

Un œuf d'oiseau bleuté, brisé, tombé du grand pin.

Le foulard que tu avais autour du cou quand je t'ai connu.

Les hautes graminées qui ondulent. Un dernier rayon passe au travers.

Une grenade éclatée aux dents rougies.

Silence.

Neve qui rit, babines retroussées.
Le concerto pour piano de Mozart n° 24. Les notes tombent du piano comme un orage au ralenti.
Solitude.
La robe rouge que j'ai prise dans l'armoire quand ma mère est morte.
Le pollen qui arrive par vagues jaunes du dos de la colline, au printemps.
Des dizaines d'abeilles dans les fleurs du citronnier ensauvagé.
La vigne vierge qui s'enflamme autour de la barrière en fer battu.
Un grand coquillage où le lierre a été s'implanter.
L'ombre du figuier sur les draps étendus.
Un pot vert émeraude où les pensées se sont fanées.
Ma chemise de nuit rose déchirée.
Silence.

Seigneur, soutiens-nous le jour durant jusqu'à ce que l'ombre s'allonge et le soir descende, que s'apaisent la turbulence extérieure et la fièvre du monde et que s'achève notre labeur, alors dans ta miséricorde accorde-nous un logis et un saint repos, et à la fin la paix.
Des plumes tombent du ciel. Bataille d'anges ou d'aigles royaux.
J'ouvre ma main, un flocon se pose sur ma paume. Larme qui glisse. Pétale d'eau. Cristal.

Il neige.

Un jour cette goutte sera pluie, et ruisseau et fleuve, et mer, et de nouveau flocon de neige.

SO DO̊ I.

Il ne pleut pas
La plage est noire. La mer, très bleue.
J'entre dans l'eau, ouvre les bras. Je nage dans les étoiles tombées.

Elle est moi
Mais je ne suis pas elle
Et elle n'est pas moi

Il y a au cours de notre existence des êtres qui se cognent à nous, et nous escortent pour le restant de nos jours. Peu importe que ces êtres soient toujours sur cette Terre ou qu'ils soient partis dans les étoiles. Morante morte est plus vivante que jamais, une énigme plus grande qu'elle ne l'était au cours de sa vie. Elle, qui voulait tant être aimée, aura tout fait, avec ses humeurs d'équinoxe, pour être mal-aimée, sauf de quelques-uns qui l'ont accompagnée jusqu'à la fin. Quand, en mars 1980, elle tombe en sortant d'un restaurant où elle était avec des amis et se fracture le fémur, elle a soixante-huit ans. Le jour avant l'accident, elle était encore en pleine possession de ses facultés. Le jour d'après commence sa chute, lente et douloureuse. Morante, si fière de son corps dans ses jeunes années, est trahie par lui. Elle parvient à terminer *Aracœli*, son livre le plus ténébreux, mais cette même année elle perd son plus cher compagnon, le chat Caruso, qui partageait sa vie depuis 1966. Obligée au lit par sa maladie, elle tente de se suicider en avril 1983. Sauvée par sa fidèle domestique Lucia Mansi, elle passe ses derniers mois à la Villa Margherita.

Le monde se divise en deux : ceux qui idolâtrent Elsa Morante, et ceux qui ne la connaissent pas. Un écrivain jusqu'au bout de l'écriture : « La toile n'est que fumée, mais l'aiguille est feu. » Je n'avais pas idée que je lui consacrerais le plus clair de mes jours, le plus sombre de mes nuits.

Elsa ferme ses beaux yeux violets le 25 novembre 1985.

Merci pour ces mois, ces années à tes côtés. Elsa mon amour.

En mémoire d'Anne.
Je sais que tu m'accueilleras de l'autre côté quand j'arriverai,
ma chérie.

Far from your loving eyes
In a place where winter never comes
Far from your loving eyes
And all among the wind I run.

(*Wind River*, Nick Cave)

Les biographèmes – noms, dates, faits et lieux – concernant la vie d'Elsa Morante sont, dans la mesure du possible, précis, mais *Elsa mon Amour* est une œuvre de fiction, car « Notre vie réelle est plus qu'aux trois quarts composée d'imagination et de fiction ». (Simone Weil)

Les phrases en italique sont la traduction de fragments de journaux, de poèmes et de lettres d'Elsa

Morante, sauf quand il s'agit de réflexions intimes du personnage.

Le chapitre RTM est la traduction-adaptation de l'auteur de lettres envoyées par un amant non identifié d'Elsa Morante.

Le poème *Heureux ceux qui s'embrasseront / Au-delà des lèvres / Au-delà des confins du plaisir / Pour se nourrir des rêves* est une traduction de l'auteur d'un poème d'Alda Merini.

There was once a very lovely, very frightened boy. He lived alone except for a nameless cat vient de *Petit déjeuner chez Tiffany*, de Truman Capote.

Moon River est la traduction-adaptation de l'auteur de la chanson tirée du film *Petit déjeuner chez Tiffany*, chantée par Audrey Hepburn.

Bibliographie

Marco Bardini, *Elsa Morante e il cinema*, ETS.
Graziella Bernabò, *La Fiaba Estrema*, Elsa Morante tra vita e scrittura, Carocci ed.
René de Ceccatty, *Alberto Moravia*, Flammarion.
Cesare Garboli, *Il gioco segreto*, Adelphi.
Katherine Mansfield, *Journal*, Stock.
Elsa Morante, *L'Amata*, Einaudi.
Elsa Morante, *Opere 1 et 2*, Mondadori.
Elsa Morante, *Diario 1938*, Einaudi.
Elsa Morante, *Aneddoti infantili*, Einaudi.
Elsa Morante, *La Vita nel Suo Movimento, Recensioni cinematografiche 1950-1951*, Einaudi.
Marcello Morante, *Maledetta Benedetta*, Garzanti Libri.
Alberto Moravia, *Quando verrai sarò quasi felice, Lettere a Elsa Morante (1947-1983)*, Bompiani Overlook.
Renzo Paris, Alberto Moravia, *Una vita controvoglia*, Castelvecchi.
Sandra Petrignani, *Addio a Roma*, Neri Pozza.

Marina Ripa di Meana, *Colazione al Grand Hotel*, Mondadori.
Jean-Noël Schifano, *E.M. ou La Divine Barbare*, Gallimard.

Sur Internet, *Le Stanze di Elsa*, sur le site de la Biblioteca Nazionale Centrale di Roma.

Merci de tout cœur à Eleonora Cardinale de la bibliothèque de Rome, pour son magnifique travail, et parce qu'elle m'a laissée passer deux heures en compagnie des livres d'Elsa Morante. Les ouvrir, lire ses notes, les caresser a été pour moi un moment unique.
Merci à Daniele Morante.
Merci à Carlo Cecchi.

Imprimé en France par CPI
en mai 2018

Composition et mise en pages
Nord Compo à Villeneuve-d'Ascq

Dépôt légal : août 2018
N° d'édition : L.01ELIN000466.N001
N° d'impression : 146758